刘玉强◎著

人在草木间

随笔

我爱这大山和土地，
更爱它孕育的万物生灵

东北大学出版社

**图书在版编目（CIP）数据**

人在草木间随笔 / 刘玉强著 . -- 沈阳：东北大学
出版社 , 2024.10.  -- ISBN 978-7-5517-3679-4

Ⅰ. I267.1

中国国家版本馆 CIP 数据核字第 2024TK0852 号

出 版 者：东北大学出版社
　　　　　地址：沈阳市和平区文化路三号巷 11 号
　　　　　邮编：110819
　　　　　电话：024-83683655（总编室）
　　　　　　　　024-83687331（营销部）
　　　　　网址：http://press.neu.edu.cn
印 刷 者：辽宁一诺广告印务有限公司
发 行 者：东北大学出版社
幅面尺寸：170 mm × 240 mm
印　 张：14
字　 数：156 千字
出版时间：2024 年 10 月第 1 版
印刷时间：2024 年 10 月第 1 次印刷
责任编辑：郭爱民　杨建春
责任校对：张　为
封面设计：潘正一
责任出版：初　茗

ISBN 978-7-5517-3679-4　　　　　　　定　价：78.00 元

# 序

欣闻《人在草木间随笔》即将付梓。这是作者自己的十年之约，也是我们相交经年的灵魂期许。

我与作者相识于茶缘，因共同戮力于中华优秀传统文化传播而惺惺相惜。年年岁岁的各自忙碌，并未冲淡彼此在文化世界的精神相通，在茶语之间的灵魂碰撞。

如果用一句友人之间略俏皮的话来概括这本小书，我愿称其为"茶人日记"。作为一个"大学人"，我敬重"茶人"、向往茶艺、愿乐茶语，于是倍加随喜阅读这样一本以山川为经、十年为纬，去专业而虔诚地寻茶、做茶、藏茶、泡茶、饮茶乃至悟茶的作品。在甚为尘嚣的都市和快节奏的生活里，这样的作品尤为珍贵。

这是一本略清奇的书。她没有惯常意义上的"目录"和"体例"，也不愿耗费一句虚言而选择直陈本心。但任何一本书都有线索，我最爱其三个"关键词"景迈、普洱、"茶窝窝"，由此与读者们分享。

书中有山名景迈，是作者这般"茶人"可以放归身心的地方。这座位于西双版纳、普洱与缅甸交界的大山，是

我国著名古茶之乡。我曾无数次在脑海里想过它、在茶间风闻过它，更在2023年9月的《世界遗产名录》里惊喜地寻见它。但作者竟能把它当成自己的后院，这怎能不令人惊美？在《人在草木间随笔》的字里行间，那里的阳光照彻万川，那里的熏风漫布幽径，那里的乡亲笑靥如花，那里的新茶夺魄勾魂。十年间，作者走了一遍又一遍，有那么一刻让你读来觉得人即是山、山即是人，仁者势必乐山、山人相应成仙。在这样的意境下，你可以获得一片茶叶从树上到胃里的所有知识和诸多趣闻。我尤爱这样带着意境和日常并娓娓道来的"世界观"。

书中有茶名普洱，是吾等这样的"茶友"可以相知成瘾的香茗。据传说，早在武王伐纣时，便有濮人进贡茶叶。我曾在书里得知"邦崴过渡型古茶树"一名，又知唐人有云"茶出银生城界诸山"，可见中国公认有茶的历史也在千年以上。这款闻于周、兴于唐、生于宋、如今遍布世界的"神奇东方树叶"，深刻影响了中华民族的饮食观和文化观。而任何一样流传千年的事物，都注定其低门槛、高上限的品质。正如我以考古的心态见过千年古茶树，吾友却能朝夕与之相伴；我见过许多人爱之而专作日常牛饮，然此妙物也确实可配明室、汀兰、美器和闲谈。以至于书中有一论调最为打动我，"茶是历史的回望，也是岁月沉淀的菁华，其中的甘苦醇厚如人饮水、冷暖自知。"我爱这样烟火与清雅兼具，并从容自信的历史观。

书中有藏室名"茶窝窝"，是"茶精灵"们滋养生命的安居之所。我读《人在草木间随笔》的又一妙处，就是将"藏茶室及其附属场地"昵称为"窝窝"。"窝"者，居穴也，本指事物聚集地，引申为人安身、聚居之所。加上叠字则更显可爱。但这个词现在用于植物就很稀奇，除非藏于"窝窝"者本就是灵动的生命，为回避纷繁的世事而来到那个安乐角落。书中曾有言道："长在树上的茶叶，和泡在杯里的普洱，都是生命的形态。"这是庄周的境界。推而广之，灵动的"生"与蛰伏的"灭"也都是生命的形态。所以在作者心里，大概人、茶叶、茶器乃至茶山、万川、天地和宇宙也都是朋友。我们见过的诸多"某某居""某某斋"其实都是繁华引申，反而"窝窝"才是命里最初和最后的所在。我爱这样俏皮与高远兼具并返璞归真的生命观。

由此，世界观、历史观和生命观汇合成这本书的主旨，是以茶的语言讲述茶人的一生。仅以知识价值而论，其中既有茶的名言、做法、特质和流行趋势，也有山川地理、民族文化和匠人心得，更有对器具、风俗、历史乃至时事的见解。在此基础上的图文并茂、美器美景、日月所照、江河所致，成全了这本特殊的"日记"，也一定会让同样的"茶人"驻足流连。

更由此再上升到对每位读者的哲学层面的自问：茶对你来说意味着什么？答曰"柴米油盐酱醋茶"者追求生活；"夜后邀陪明月，晨前命对朝霞①"者追求浪漫；"无由持一

---

① 晨前命对朝霞，一作"晨前独对朝霞"。

碗，寄与爱茶人"者追求相知；"三碗搜枯肠，惟有文字五千卷"者追求灵感；"且将新火试新茶。诗酒趁年华"者追求快意；"汤响松风，早减了、二分酒病"者追求健康；"只好岩花苔石上，煮茶供给赵州禅"者追求机锋……茶是一种很好的影射，用来观照人生的诸多"值得"，而了悟"最美相逢不如陪伴"的"茶人"们，聚上三五好友，最能感悟的美好则是友谊。《人在草木间随笔》可以提醒我们，在喧嚣的尘世里忙了一遭后，不要忘记曾经的追寻。

　　任何有知识且追寻的人，尽管行业不同，都可称为"匠人"，都有能够发现并酝酿真善美的"匠人"精神。

　　于茶而言，这样的精神融甘苦于一体、解天地于倒悬，是茶语中的人生。

　　是为序。

孙雷

# 目　录

## 第一章　景迈十载沐茶风

## 第二章　昔归牵绕茶人魂

## 第三章　叶叶蜷倦藏生命

## 第四章　茶器岂是无情物

# 第一章　景迈十载沐茶风

## 2013 年 10 月 6 日

又在路上了。怀着期盼和激动的心情我再次登上云南景迈山、班章山，寻找南方嘉木古茶树——因为它是人类将时间和灵魂投入土地而换来的成果。我期盼着在茶山上远眺漫山遍野的古茶树，品尝着用从嘉木上采摘的神奇嫩芽萃取的生命之水，体验着将身心融入

景迈山云海

茶山、茶树、茶叶、茶之灵魂中的情感。这是人类心灵与大自然最美妙的契合。

## 2013 年 10 月 9 日

我爱这大山的万物生灵

今天上午离开景迈山。在半路上拍摄了景迈山的云雾，心中油然而生不舍与留恋之情。我爱这大山和土地，更爱这大山和土地孕育出的万物生灵。

1

**2015 年 3 月 27 日**

　　上午，景迈山举办了采螃蟹脚大赛。参赛者个个瞪圆眼睛，穿梭在古茶树之间。他们或踮起脚跟，或伸直胳膊，或爬上茶树，展示着各自的成果。来过景迈山的人都知道，这里的古茶树上寄生着一种草本植物，其形状像螃蟹的脚，有滋阴养脾、清热明目等功效，是天然保健品，近两年售价是茶叶的两三倍。虽然比赛不分胜负，但是参赛者锻炼了身体，增长了知识，吸足了负氧离子。他们一路上欢声笑语，捧着螃蟹脚下山了。

采螃蟹脚大赛结束时人们收获满满

**2015 年 3 月 31 日**

　　景迈山上盛产景迈茶。景迈山地处原始森林纵深处，漫山遍野的野花成就了景迈古茶最显著的特点。那自然的花香沁人心脾。这也是我偏爱景迈古茶的主要原因。这次在景迈山上一住就是十来天，邂逅了在昆明开茶馆的王哥夫妇。很多年前我在他们那儿买过景迈古茶，至今家里还有存货。他们夫妇只经营景迈茶已有十几年了，爱之深由此可见一斑。有幸能每天品尝他们夫妇带来的 2004、2005 年珍藏的景迈茶，听他们讲述布朗族的风土人情和景迈山的变化，感觉很有趣、很有意义。这也进一步坚定了我每年来景迈山度假和收藏景迈茶的信念。

景迈山上景迈茶

## 2015 年 4 月 1 日

"年年岁岁花相似，岁岁年年人不同。"昔日曾带我上山采茶的婆婆，如今已不见了身影。我安慰自己道，世间万事就是这样，该走的时候一定

和婆婆走过的采茶路上茶香四溢

会走，该来的时候一定会来。每天沿着她们上山采茶走过无数次的路，我默默地想，默默地听，茶山依旧绿，茶叶依然香。

2015 年 5 月 7 日

## 闲话景迈山

回到岛上，时间过得快，每天身不由己地开心聚会，心情极好。毕竟离岛半年多了。昨天晚上做梦回到了景迈山，这是不是人们所说的魂牵梦萦呢？深藏在山顶林木间威武的茶魂台，铺满落叶的上山小路，连片的万亩古茶林，云雾缭绕的古茶树，晶莹剔透的茶花茶果，还有早晨的云海、夜晚的星辰，诗意般的人居生活宛若童话世界。这就是我的景迈情结，这就是景迈山。

让我魂牵梦萦的景迈山

我的景迈情结缘于景迈茶。前些年也曾走过许多茶山，但是当我踏入这片广阔、葱郁、原生态、神秘的山野时，心之所想渐渐清晰。这不就是中国茶的诗与远方吗？景迈的古茶树丛生在森林、云海、村寨之中，几百上千年与大自然中的各种木本植物相伴而生，加上天上飞的、地上跑的各种小动物传粉授精递情。人迹所到之处，空气中弥漫着茶香、花香以及万种草木的芳香。这时，摘一芽两叶的茶树叶放入口中慢慢咀嚼，细品由苦涩至甘甜的过程，让身心自然放松，有一种回归自然本源的感觉。如果说天底下有一座茶山美得像天堂，那么我敢肯定地说，这座像天堂的茶山就是我心中的景迈山。

美得像天堂的景迈山

　　以美丽少女在这样的山峦、这样的森林、这样的茶树采摘下来的鲜叶为原料加工而成的茶，该是什么味道呢？自然有着美丽少女的清香气质，闻如兰香，喝似蜜甜，想若仙女，品其回味悠长。这或许就是我乐此不疲地每年两次来景迈山探胜的原动力吧。

来景迈山探胜的原动力

　　每次去景迈山，都喜欢晚上围在篝火旁，喝几杯泡着螃蟹脚的当地自烤酒，听芒景寨子里的那首原创歌曲《云海上的古茶林》："那是一片云海上的古茶林，矗立在群山之间，散发着它的神气；那是一片云海上的古茶林，永远是那么美丽。这就是我的故乡，芒景……"每每听到这首歌曲，我的思绪就飞到了遥远的地方。人过中年，漂泊在外，此心安处即故乡吧。

围坐在篝火旁，品好茶，听好歌

2015年3月，景迈山向国家文物局递交了申报世界非物质文化遗产的文件。在为景迈山欢呼雀跃的同时，我的心里在嘀咕，还能否保存着原有的纯朴和宁静呢？

喜欢那个地方……

愿景迈山继续纯朴宁静

**2015 年 11 月 10 日**

昨天早上 9 点，我从景迈山下来，到澜沧，过上允、下允，穿双江勐库。翻过一山又一山，越过一岭又一岭。我离开了布朗族栖息地，途中经过拉祜族游牧地区，来到了佤族文化发祥地之一临沧。临沧，"中国恒春之都"，2.4 万平方公里的土地夹在怒江、澜沧江之间，因地缘的封闭而神秘，因历史的忽略而珍奇，更因勐库大雪山下的"冰岛"、邦东大雪山下的"昔归"而让我来了一次又一次。我喜欢这片土地，是因为与古树普洱茶叶结缘。在这里，既有天时，又有地利，更有人和，怎能不做出一款源远流长的生命之茶呢？

在这里做出源远流长的生命之茶

**2016 年 3 月 7 日**

上午我在海边散步。自己有些纳闷，怎么出了这么多汗？岁月在不经意间流逝着，转眼已进入 3 月，天气好像突然热起来。在湾子里过日子，常常会忘掉时间。我似乎想起了什么，回到家里翻出了剩下的仅有几泡的 2014 年景迈古树春茶，心中有所期待地开始了与它共度的时光。茶叶在壶里翻滚着，一点一点地舒展筋骨，一点一点地吐露芬芳。岛上两年

景迈山，等着我

的精心仓储，使其汤色渐浓渐亮，越发惹人喜爱。山野气息中弥漫着幽幽的兰香，兰香中又带着丝丝的蜜甜。景迈茶虽然没有班章茶入口时硬朗的骨架，却有着柔情彻骨的劲道。一小口一小口地啜茗，滋润着肠胃，收拾着心情，梳理着思绪……又临近去景迈山做茶的日子了，漫山遍野的古茶树，芬芳馥郁的茶花，露珠欲滴的茶果，风姿各异的螃蟹脚，纤纤玉手般的茶芽，还有不可或缺的美食"强哥炒蛋"。今天要离开湾子了，我的心已飞向了彩云之南。此去，要待几个月后才回来。我们忙碌着收拾屋子，保养汽车。似乎一切都井井有条，但脑子时不时地"开小差"。那刚刚采摘的娇嫩欲滴的茶叶，不时地将我的欲望勾起。它们经过一个冬天大山的滋养后欢乐开怀地发芽的样子，让我翘首企盼着。"一期一会"的相遇，让

我的"痴心"无法淡定。景迈山，我又来了，请等着我。

2016 年 3 月 29 日

茶山的清晨，鸡叫鸟鸣，想睡懒觉是不可能了，索性去爬哎冷山吧，这也是每天必需的运动。

走进古茶林，让人思绪潮涌

每次沿着登山小路，踏着晨曦的薄雾走进这片古茶林，总是思绪潮涌。毕竟，弥漫着千年神秘和充满现代诱惑的地方已经少之又少了。它令我生发出许多遐思，让我一年年、一次次踏上这片神奇的土地。小路两旁是茶树、万木丛林和数不清的野花。在风吹日晒、光合作用下，茶树叶吸收了极为丰富的植物原素，形成了其独特的香气和口感。每天，面对这景迈古茶，我眼观耳闻、鼻嗅口尝，仍觉兴味盎然。在我心中，它可能算不上最好的普洱茶，但肯定是独特的普洱茶。

2016 年 4 月 28 日

临近 5 月，今年的景迈古树茶还没有完成制作，心中不免产生许多期待。在茶山上，毛茶经这一个多月的酝酿，与茶山上微生物菌群自然接种的过程，都是必不可少的。了解自然、顺应自然、利用自然，才是普洱茶制作工艺的核心价值所在。

了解自然，顺应自然，利用自然

解馋还是有办法的。打开一饼 2014 年做的景迈茶，正好感受两年北方干湿环境的转化。景迈茶，素以花香、蜜甜闻名，这是万亩古茶园里的茶树与数百种野生植物，飞鸟、蜜蜂等各种小动物和谐共存的原始生态的结果。有人将景迈茶比作茶中之"妃"，我则不赞成这种比喻。景迈茶香似空谷幽兰，在轻盈飘逸之外，千百年的朝风暮雨、秋露春阳浸润着茶树叶片的脉络，使其内质更丰盈，神韵更优美，清香更迷人。

## 2017 年 3 月 31 日

在山上的日子，感觉过得很快。每天安排朋友们爬山采螃蟹脚，参与收鲜叶，炒茶、试茶，喝酒、唱歌，举办篝火晚会，真是不亦乐乎。今天早晨，同来的朋友们都下山各奔东西了，只剩下我一人还真有那么点空落落的。好在有事做，专心做茶事吧。

今年，景迈山几乎没有下雨，古茶树发芽既晚且少。下午没什么事儿，我去爬哎冷山，去茶魂台拜一拜，祈求老天降雨滋润干渴的满山茶树。不管能否感动上苍，但做一次唯心论的事儿，一旦应验了将是多么令人开心哪。

下午，山上的太阳炽热灼人。好在我专心欣赏自然景物，自认为是一个崇拜自然美的人。脚下踩着厚厚的落叶，一步一"咯吱"地走了个把小时的山路，的确让我有些吃不消。偶尔停下来嚼两口茶树上的鲜芽，和采茶的婆婆、姑娘闲聊几句，算是给自己找一个休息的借口。心中有意念，精神起了作用，脚下也有了力量，没觉得特别累就登上了顶峰。站在山顶，"一览众山小"，我感到心旷神怡、神清气爽。

登高远眺，内心深处随风释然

登高远眺，我体悟到岁月之悠悠、自然之伟大，感到个人之渺小、物欲之无聊，一种从未有过的轻松感遍及全身。

## 2017 年 6 月 14 日

终于等到你了！历时 70 多天，从采摘鲜叶、毛茶初制到静置茶山转化，后期制作，我的景迈茶真实地捧在我的手上了。看见茶，我忆起过去的点点滴滴。我晓得，你不是用来观赏的。耐心一点，待我烧水温壶，静静地、慢慢地读懂你。

我挑了一枚细细的茶针，轻轻地挑着茶饼，一根一根捏进壶中，轻注开水慢出茶汤。汤色清澈黄亮，汤中兰香含蓄。前三泡茶汤的香气在口腔中有序地蔓延，毫无生茶气和青气，有景迈茶固有的特质，又感觉有些"抓不到"的差异。四泡、五泡、六泡，兰花香若隐若现不持久，但奇怪的是从口腔延续到喉咙的甜度增强，甚至盖过了香气。七泡、八泡、九泡，稍微闷了一会儿，略带出了些许景迈茶的微微苦涩，生津回甘不明显，与往年的景迈茶特征略有差异。这让我想起了在茶山时的一些现象。今年，茶山干旱少雨，茶树比往年发芽晚了十来天，采摘的鲜叶芽头较多。大自然的这些给予，使古树茶真实地存在，接地气。

　　年年岁岁茶相似，岁岁年年味不同。今年的景迈古茶，只属于孤芳。

年年岁岁茶相似，岁岁年年味不同

### 2017 年 7 月 16 日

　　鞍马劳顿了几天后，回到家里，一头扎进茶室，迅速烧水，泡一壶自己做的景迈山古树茶。几天没有和它交流，似乎都有些委屈。自己做的茶就像自己培养的孩子，需要付出艰辛。从鲜叶采摘到毛茶初制，每一刻、每一环节都不可忽视，都不能懈怠。当你每天泡上一壶自己做的茶，再次回味当初在

泡上自己做的茶，回味茶山上的故事

茶山上做茶的心境，回忆在茶山上的日日夜夜时，总能让自己产生惊喜，满满的幸福感油然而生。此时的心情就和景迈山的茶一个味，那叫一个甜啊，香啊！

**2017 年 8 月 10 日**

一切自然而然就好

　　身随心动。每天我不由自主地溜进自己的"茶窝窝"，不用纠结，打开茶罐，捏几根今年的"景迈"，撮几条前年的"昔归"，撬几缕搞不清哪一年的"曼松"，随意搭配把它们挤进壶里。说起来，这还真有点"乱点鸳鸯谱"，同时期盼着可能出现的意外惊喜。人就是这样，有时愿意在简单中求创新，有时又喜欢把复杂换成简单。不管怎样，一切自然而然就好。

**2017 年 9 月 24 日**

　　无意中在"茶窝窝"掏出一饼前些年做的景迈古茶。景迈山是我喜欢

我爱这古茶里变化的乾坤

的地方，对景迈古茶我更是一直情有独钟。它是那种既有香甜又有苦涩，还有韵有进步的茶。四年的陈期，让兰花香气更融于茶汤中，一泡一拨地袭来。几杯茶落肚，让你感觉喉咙清透、浑身轻松，五脏六腑都舒舒服服。就这样待上一会儿，再慢慢地回过神来。

我喜欢过这种平淡平静平和的日子，更爱这古茶里变化的乾坤。

### 2017年10月6日

感冒了，鼻涕一把泪一把地走了几千步。到家后，适逢茶山的"谷花"茶寄到。三四泡过后，感觉其味较淡。究其原因，可能是感冒导致嗅觉、味觉失常。管它呢，就当补水了。习惯于每天泡茶，渐渐地有了感觉。景迈茶的兰花香若隐若现地呈现在身体内外。细细思量，人生亦如茶：青年时代，热情奔放；经历跌宕起伏、沧海桑田的似水流年，待繁华落尽、双鬓染霜时，内心仍能安之若素，然后再慢慢体会和享受清闲的时光。这未尝不是一种对人生的通透和觉

"质有余者，不受饰也"

悟。一人独饮，不知不觉间总会思绪万千，也许是寄情于茶的缘故吧。

### 2017年10月27日

茶山的清晨，你想睡懒觉是不太可能的。打鸣的公鸡没得商量，每隔

一小时提供一次"叫醒服务"。反正睡不着,索性去爬山,去踏雾吧。我沿着积满厚厚茶树叶的上山小路,行走在万亩古茶园里。在雾气弥漫的世界,我在想:这宛若仙境的所在有没有住着神仙呢?

这里,"一山分四季,十里不同天"。置身于清晨的茶山上,你才会真正理解这句话。因为海拔高、湿度大,这里常年雾气朦胧,造成了多变的天气:时而风起云涌,时而阴雨连绵,时而天朗气清。刚到这里的人们,常常被弄得"丈二和尚摸不着头脑"。

在这里,白天不做茶,就去古寨转转。随意走进一户人家,不管主人在不在,都可以不客气地泡茶。这里的古茶属于"土特产",家家必备。散状的、饼状的、球形的、罐装的,都是茶。不必去细品其口感如何,都是这山上产的。好山好水好气候好生态,必然产出干净的好茶,怎么想都是这个理儿。

这里,夜晚可以仰望星空,吃着说不清是布朗族、傣族还是哈尼族做的土菜,喝着各家自酿的"苞谷酒",听着村民们自编自弹自唱的景迈山歌,讲述着世世代代相传茶祖遗训的故事。看着那一张张被篝火映得红黑、墩厚、简单的笑脸,片刻间被他们带回简单的世界里。

景迈山醉人的景致和茶

这里是景迈茶山,每个瞬间都有醉人的景致。如果没有邂逅山里的"神仙",就自己做几天"神仙"吧。

## 2017 年 10 月 30 日

早上，天刚蒙蒙亮，拉开窗帘，感觉是一个看云海的好日子。我迅速洗漱完毕，开车下山。一路上，有无数次从不同方向、不同角度看云海的机会。云海，像缠绕在半山上的河，洁白缥缈，无边无际。静静伫立在一处草丛中，凝视着云海的韵律，没有了天马行空般的想象，有的只是想尽可能地感受它的生命、它的流动、它的美丽。当太阳升起，照耀在云海

洁白缥缈、无边无际的景迈山云海

上，湿润的云雾慢慢升腾、缭绕，浸润着大山深处的万千植物，养育着澜沧江两岸的古茶树，人们因此收获了那许多有香有甜有苦有涩的普洱茶。我们这些"茶痴"，年复一年地跋山涉水，从不同地方来到这片神奇的土地，才能日复一日幸福地喝着自己在这山里做的茶。整个上午，我欣赏着云海，任思绪飞驰，感到十分惬意。

## 2017 年 11 月 7 日

雨天。收到了贺老师从茶山寄来的"过冬粮草"，迫不及待地从大箱子中逐层剥开。那熟悉的气味真实地飘了出来，似乎在告诉我，它已经在运输途中"憋"了好久，需要托付有缘人。细看箱中干茶，条索肥壮修

长，色泽乌润带毫，活龙活现。我不由得深深地吸了一口干茶的香气，轻轻地告诉自己，要淡定、淡定。在试茶之时不可乱方寸，要心平气和地与它交流。

地界——临沧市双江县勐库镇产茶区，如今与冰岛老寨、南迫、糯伍、坝歪合称冰岛五个自然村，其出产的茶属勐库大叶种群。早年间途经此村时曾品其茶。记忆中，此茶香张扬，甜深沉，苦稍强，涩微弱。

贺老师今年选用地界春季古树鲜品做原料，用传统与创新的工艺制作而成的红茶，的确出乎我的意料。毕竟，说到冰岛区域的茶都令人咋舌，它已经成为饮中奢侈品了。

地界古树红茶，不自赏已孤芳

选朱泥小葵花红茶专用壶，试茶投放量稍多于往常，取龙窑柴烧柿红盏，景德镇小雅青瓷，省去公道杯。当将红润油亮的茶汤从壶嘴注入一杯一盏中时，氤氲的茶雾裹着甜味立即弥漫开来。杯盏交替，或快或慢，与它呢喃。茶汤汤感细腻，香和甜趋于平衡。头三泡，香气和甜感明显，属于"有气有韵有香有甜略有苦"，且有向喉部蔓延的趋向。三泡之后，更实实在在地梳理着身体的细枝感官。我没有数喝了多少泡，身体起初时有暖感，后背沁出细汗。后来，一口一口地继续喝下去，已经是"汗滴禾下土"了。停杯提壶观叶底，叶片较大，芽儿头多，有红筋，纵情地舒展开筋骨。

地界，地界红茶，地界古树红茶，不自赏已孤芳，更不必追求虚名以求得更大的经济增长。真正喝茶的人都懂你。

### 2017 年 11 月 26 日

据邢士襄《茶说》载，"夫茶中着料，碗中着果，譬如玉貌加脂，蛾眉染黛，翻累本色矣。"其大意为，如果向茶中放调料，往碗中放果子，就像在美丽的外表上涂脂抹粉，描眉画目，反而失去了本色。茶的真味，才应该是喝茶人追求的本质。

追求茶的真味

### 2017 年 11 月 29 日

这个老师忒能整事儿，这么好的昔归料子被做成白茶；但说句心里话，这茶忒好喝，我特别喜欢，上午茶就是它了。喝出岁月，喝出故事，制茶、品茶者都各自乐在其中。将一小杯一小盏茶水送进口中，喜悦之情绽放在心中。

昔归老白茶用作上午茶

## 2017 年 12 月 11 日

在家窝了三天，睡觉，吃饭，服药，灌水。身体终于痊愈了，第一件想做的事就是"狠狠"地喝顿茶。潜意识中感觉爱上这一口已经成瘾，随茶而动吧。一泡"地界"小红，似乎没喝哈；紧接着换猛烈些的"昔归"生普，大口大口喝粥似地往嘴里灌。或许因为感冒后身体虚弱，或许几天没喝茶有些陌生，或许茶气遍及身体微循环。不多久，我已汗流

感冒痊愈后痛快饮茶

浃背，大汗淋淋。管他呢，继续我的茶事，直至把身体喝轻喝透喝美喝滋润，直到把身体喝出十足的阳刚正气。

## 2017 年 12 月 24 日

上午茶是 20 世纪 90 年代的"7542"，和我的年龄段相仿，不老不年轻的尴尬年纪。全神贯注于此，只有这方寸间的小茶台容得下内心偶尔的波动。只有这细腻柔软的茶汤给予内心的宽厚，仿佛能慰藉心灵，消除不安和疲惫，给自己越来越素的安稳。

能慰藉心灵的茶汤

**2018 年 2 月 4 日**

太阳许多天"玩深沉"，不露一点笑脸。今天是立春，它很给面子，温暖如春的阳光照耀大地。虽然遭遇地表的冷空气后气温显得不够高，但至少见不到缩肩佝背的行人了。我愿意和这天气遥相呼应：晴空万里时，就出去晒一晒太阳；阴雨连绵时，就撑把伞出去散散步。总把自己弄得好像特别热爱大自然一样。想一想穷极大半生，虽未作出精心规划，但也没有浑浑噩噩、两手空空，无所谓肯不肯放下，至少自己这样度过每一天没有错。

阳光灿烂的日子里，给自己泡壶茶

无论天气阴晴，抑或自己独处或朋友来访，我总会泡一壶茶，或解渴，或品茗。简单的过程却养成了我的"怪癖"，在掀盖、倒水、引汤这一习惯动作之外，会不停擦拭茶盘、壶承、茶壶，几乎不让上面残存一滴水。似乎只有这洁净剔透才配得上来自大山深处的灵魂。这些怪毛病都是不经意间染上的。与人一起喝茶时，有时会刻意掩饰。独自饮茶时，没有感觉到多余，更有一份恬适在其中，更增添了一份淡淡的喜悦。既然习惯已经养成，那就这么着吧，反正没有更深层的意义。

## 2018 年 2 月 15 日

时光在流逝，不疾不徐。顺心顺意时，你会感觉光阴似箭；无奈无聊时，就会觉得度日如年。但不管身处顺境还是逆境，都会回到"现在"的状态。闲话让人烦，当下的事还得继续做。西方的情人节、中国的春节，都连在一起了。家人团圆，亲友聚会，难免大快朵颐，但身体能承受多少，只有自己晓得。想必每个人都有自我摆脱纠结的办法，并适时地调理好新陈代谢，及时排除体内的毒素。我每每用到的小方子就是喝茶，喝

喝茶能排除体内深层和浅表的毒素

茶让人气壮。冲击力十足的茶，譬如香气浓酽的古树生普，加大点投茶剂量，加之水浸出物高，向下推动力强劲，通经络合脾胃最佳。不能摆花架子象征性地喝，而应杯莫停地一直往嘴巴里灌着，直至两腋生汗、身体发轻，不用"香丹清"就能通畅自如了。

**2018 年 2 月 27 日**

　　好天气，喝昔归。喝茶时，身体的感受至关重要。好茶可以渗透肌肤的微循环，或通畅，或舒泰，抑或人们常说的"茶气"；但需要喝茶者用心感受才能体会到，这是体内一种微妙的生理变化。谈好茶，还应有个总体的标准，即把干净、健康放在首位（无化肥、农药），然后再谈内含物质高、泡时水浸出物多。对茶的理解，因每个人喝茶时间不同，身体状况不同，喜欢茶的种类不同，所处的环境不同，都会有差异。所以谈好茶不容易，应因人而异。

好天气，喝昔归

　　明代程用宾《茶录》曰："辨气者，若轻雾、若淡烟、若凝云、若布露，此萌汤气也；至氤氲贯盈，是为气熟，已上则老矣。"

## 2018 年 3 月 11 日

就想好好喝茶，顺手牵羊拿来一撮干茶，一根根塞进壶里。甭管啥山头啥名来着，烧水、温壶、烫杯、擦盘，伴随着"叮当"声开始了一壶茶的旅程。一把压手的柴烧建盏，一方轻扬的景德镇瓷杯，交替递着。我永远相信，每个人的泡茶习惯都是独

入口后细腻饱满的古树茶

一无二的，加之天然的植物芬芳，让每个喝茶者体会自然食材带来的深度舒适。古树茶入口的细腻饱满，更能让人联想起一切有关细腻的感觉——一带而过的苦涩之后是一片甘甜的天地，让时间在这方天地中顺其自然流过。不管别人对普洱茶贬损如何、争议怎样，它的陪伴却让我的世界因此而不同。

## 2018 年 4 月 2 日

早上，同上景迈山的伙伴们下山了。实在舍不得，这里转载浩兄的景迈山大作，与朋友们共飨：

司晨的雄鸡，半辰一鸣，抢报着芒景寨的拂晓。哎冷山的鸟鸣，唧唧喳喳，议论着早晨的阴晴。

枕着茶山入眠，带着残醉苏醒。每天始于茶的氤氲，终于酒的微醺。白日里，登山远足，走村串寨，访古探幽，采叶制茶。远庙堂之纷争，离江湖之烦恼，清空大脑，放飞灵魂，桃源世外，好不惬意。

　　在茶的采、杀、揉、拣、晒、蒸、压中，体会茶人的辛苦与不易；在茶叶一沉一浮、茶杯举起放下中，感悟人生的哲理；在流淌着阳光味道、兰花气息的微黄茶汤里，味蕾的苦涩甘甜，透露着景迈山的古朴幽深，普洱茶的神奇玄机。景迈山，我还想再来的地方。普洱茶，我真的爱上了你。好朋友，实在舍不得别离。

舍不得景迈山景色和景迈人

　　甘愿做这种慢的等待，是有理由和依据的。3 月是收获的开始，6 月是成熟的时候。看着一箱箱来自景迈山树上的叶子被请进它们的新家，心情那叫一个好得不得了。

　　拆箱、开饼、撬茶，烧水、温壶、涤杯，一样都不能少地准备着，生怕怠慢了来自千里之外大山深处的"贵宾"。缓缓地注水，缓缓地引汤，缓缓地举杯，一泡、二泡，没有仓储中景迈茶的记忆，是茶要适应新的环境，还是口腔要适应新茶的羞涩？稍稍放松片刻，自信满满地继续时，三泡、四泡、五泡，柳暗花明，独特的兰花香若隐若现，捉迷藏似的溢出。嗯，要的就是这个味——孤芳的味道。"将进酒，君莫停"，六泡、七泡、八泡，甜感从茶汤浸透口腔至喉咙，甜蜜柔润中略有涩感。景迈古树茶有香有甜有苦有涩有变化，是我所期盼的。从大山深处的自然环境来到城里——钢筋水泥筑成的新家，随着时间默默沉淀，借着微生物菌群的默默厮磨，期待着它们风华再现。

品尝来自千里之外大山深处的景迈茶

年年岁岁茶相似，岁岁年年味不同。欣喜之余又再想：从同样一片山上古茶树摘下的鲜叶，一样传统的工艺流程，同样的锅温250℃左右，炒制时间10分钟左右（按鲜叶嫩老程度）。手工不断翻炒，鲜叶叶面温度不超过60℃。为什么今年茶的口感更受味蕾喜爱呢？是否与茶山上初制厂换了6口80公斤的厚炒锅有关呢？这有待进一步深入探讨。

等待就会开花结果，守真才能寻求真味。这是我做茶一直坚持的恒久标准。

2018 年 9 月 21 日

　　上午我就惦记着昨天吃过的红茶，是否有什么隐藏的存在没有品出其中的滋味？不去铺垫前面的"茶式"，杯杯见底地豪饮着，殷殷的甜感、曲曲的变化、叠叠的纠缠在口腔中，有势有态、有声有色，有过往的熟悉，更有讲不出理的味道。昔归，昔去归来兮。忙麓山藤条古树的经典，底气十足，演绎出

初品忙麓山古树红茶

任何一款的随意，都会让人痴守地快意上一段时日。

2018 年 11 月 30 日

　　因昨晚贪杯，错过了今晨去看云海的时机。又要离开景迈山了，不能不去与云海一期一会。云南地处印巴次大陆和欧亚大陆的结合部，大自然魔法般地在这块高海拔、低纬度的高原上造就了复杂多变的山形地貌河谷盆地，造就了垂直立体的地理气候。每当早晨云雾弥漫过后，就会出现童

与景迈山云海的一期一会

话般的云海。这也是我每次来云南大山深处不能错过的一期一会。

云海,仿佛是漂浮在天上的河。正因为这云海浸润了澜沧江两岸那么多古茶树,才会生长出那么多有滋有味、滋味各异的茶叶,才会让"茶痴"们千百年来跋山涉水来到这片神奇的土地上。太阳、云水和温度是茶树生长不可或缺的条件,也是地球生物圈和人类文明不可缺少的资源。

景迈山,春天的茶香,夏天的细雨,秋天的落叶,冬天的云海,都能给你留下深刻的印象,让你来了不想离开,离开了还想再来。

在哎冷山上凭栏远眺,"悠然尘外想,随意乐年华"。

## 2019 年 3 月 26 日

景迈山,古茶树发新芽的场景吸引着我再次上山。记不清是第几次了,但 3 个多小时行程的上山下山盘山路,却每次都让我记忆深刻。记得第一次带朋友上山时,盘山路上汽车的颠簸让我们的五脏六腑像移了位一样,中途几次停车,有的伙伴下车去做"进出口"了。然而,来的次数多

好山好水出好茶

了，似乎也适应了上山途中这种左摇右摆的感觉。盼望着这段有趣的行程，慢慢地喜欢上了这条崎岖山路。想一想，其实最笔直的道路不一定是你喜欢的路。当你体验了生活中的曲折，经历了跌宕起伏，你才会发现，其实你走过了最称你心的一条路。路的那边还有一杯刚泡出来的景迈茶等你来喝呢。说得再牛气一点，又能喝上"一叶品千年"的古树茶了。

## 2019 年 4 月 17 日

回到了分别半年之久的老地方，感受到了"老家伙"和"小伙伴"们的欢喜。"茶窝窝"的混合香气和每次打开瓶瓶罐罐的独特味道，都让我顿生亲切感。于是，我又开始每天用纯粹的心态面对它们，纠缠、互动、感受它们。在我心里，它们永远是鲜活的、有生命力的。面对它们，我是轻松的、谦卑的、愉悦的。

茶香陪伴的平静岁月

"茶窝窝"里有茶香陪伴，时刻平复我偶尔躁动不安的情绪，让我静静地度过岁月中的每分每秒。

**2019 年 12 月 18 日**

接近中午，车队从景迈山芒景寨子出发，沿着石子路去往山下。天公作美，云海依然缭绕在道路的两旁。透过车窗往下看，仿佛人和车在半空中。每每看到这美景，我都会想起儿时读白居易的诗句"闻道云南有泸水，椒花落时瘴烟起……"我总在想，古时的瘴烟是否现在的云雾呢。

再上老班章

下了景迈山，又翻了几座山，在到达勐海县城之前，有一岔道就是去老班章的方向了。这里的道路依旧是颠簸的盘山路，与六年前来的那次相比，似乎路况没有想象中的变化大。这与六年来老班章茶的价格变化极不相称。颠簸不已的汽车让我的思维也有了跳跃。正当我"陶醉"在摇摇晃晃的迷糊状态中时，汽车已驶至老班章村子的寨门下。时间让老班章发生了较大的变化。新修建的龙巴寨门十分霸气，昭示着今天的老班章已经脱胎换骨、富甲一方。据统计，寨子里每个家庭年收入 300 万元以上，令人咋舌，真是今非昔比。老班章之所以能发生如此巨大的变化，正是受惠于

孤零零的茶王树和茶皇后

这一片片茶树叶。

来到老班章，一定要去看一看老班章的"功臣"——茶王树和茶皇后。它们已被高高的栅栏圈了起来，远远望去，枝干多，茶树叶子少得可怜，像两只被薅光了毛的公鸡，孤零零地立在那里。至少我看后，心里像"打碎了五味瓶"，很不是滋味，阳光下心里有些隐隐作痛。

2014年，老班章茶王树春茶以16万元/公斤成交。一年后成交价涨至20.25万元/公斤。2017年，价格被拉升至32万元/公斤的新闻刷爆业界。2018年3月，茶王树毛料采购价直接涨到68万元/公斤，旁边的茶皇后也卖出了48万元/公斤的高价。有人说是套路，有人说是炒作，有人说是要流量，也有人说国人真有钱。我说呢，这要看个人的理解和茶独具的奇缺价值。一块玉动辄几百上千万元，不过是从地底下挖出的石头；一瓶名酒几万几十万元，几杯酒下肚分分钟的事儿，又哪里值得？

我默然许久，一切又复平静。既来之，则安之，还是抓紧时间饱饱口福，喝几泡正宗的老班章古树茶吧。由当地制茶界权威人士介绍，开始了流水线般的品茶过程。现在的茶农已非单纯的茶农，而是茶农、茶商身份兼而有之，不谈茶树，不谈工艺，不谈茶质，一句"我们老班章"足以让喝茶人望"茶"兴叹了。曾经茶农"用真诚的心来招待上山的客人"，此情此景现在可能很难看到了。茶叶，让当地人过上了梦想一般的生活，但无形中也失去了很多东西。

汽车颠簸着行驶在盘旋的下山路上。我叭唧叭唧嘴，想回味刚刚喝过的老班章茶味道，但总感觉与曾经的老班章茶留在心底的记忆差那么"一点点"。带我们上山的老班章资深"钱帅锅"欲言又止，"现在的老班章茶，嗯——"随手做了一个平行的"剪刀手"势。我又一次默然，心中久久不能平静……

## 2021 年 1 月 22 日

"有朋自远方来，不亦乐乎？"离喝酒的档口还有些时间，我们习惯性地泡上一壶茶消磨时间。朋友对茶一知半解，不经意地翻了 2013 年景迈古树的牌子。待喝到四五泡后，友人吃惊道，山野的花香怎么这么浓？我也回过神来仔细地感受。历

与朋友共品景迈古树茶

经多年，岁月没有冲淡景迈山茶那独具的兰花香味。能够安排自己时间的人，是真正自由的人。能够在时间的长河中沉默数年，直至遇到那壶让它涅槃重生的沸水，依然能幻化出今日的摇曳，肆意挥洒着它的自信，无拘无束、自由自在地穿行在有缘人的体内，沁人心脾，凝思酝氤。遐思至此，不能不想念景迈山。在景迈山拾茶十年间，其实更重要的是一种回归。在那里，你会把世间纷扰看得淡一点儿，把现实欲望看得少一点儿，把知足常乐想得多一点儿。唯有如此，你才会潇洒拾茶、自在拾茶。

　　仲春时节，在自然环绕的景迈山谷，是人们一年中最忙碌的时刻，也是收获满满的季节。这与其他植物春播秋收有所不同。每天早上，家家户户的大姑娘小媳妇老太太们或走路或骑摩托车来到山下，再爬上山。她们一棵树一棵树地上上下下，把心神投入到刚刚发芽的鲜叶采摘上。那灵动飘逸的身影，构成了这里春天的一道风景线。她们细致地描绘着属于自己的春天，收获着春天带给她们的甜蜜果实。到了晚上，家家户户的能工巧匠们把摊晾过的叶子放进铁锅里，有模有样有热度地翻炒。芽儿叶在铁锅中灵动地舒展着美态，散发着璀璨的魅力。说起来，这个活儿确实有技术含量和劳动强度，我每年来这里都会把手指头炒出几个大泡。皓月当空，结束了一天劳累的人们围在篝火旁，烤肉烤肠烤酒烤茶管够。篝火映红了一张张心满意足的笑脸，浓郁的人间烟火气息扑面而来。

采茶女正在采摘刚刚发芽的鲜叶

能工巧匠们翻炒芽儿叶

**2021 年 4 月 24 日**

　　我特别喜欢景迈山的最高峰哎冷山。这里世世代代生活着布朗族人，他们纯朴善良，以茶为生。这座山，就是以布朗族先人首领的名字命名的。相传，哎冷山古茶林是茶祖哎冷带领布朗族人最先种植茶树的地方。我每年来这里制茶时，每天都要爬一次哎冷山。我每次默默穿行于哎冷山茶树丛林之间，总是满怀着敬畏之心。沿着上山的石板小路，徜徉在古茶林中，能感觉到这里的山场气。所谓山场，是指茶树所处的自然环境，以及茶树与其他动植物的共生环境。山场气，即是这种自然环境、共生环境形成的独有的小气候环境，几百年来影响着茶树的生长。所以，千百年来才孕育了这一棵棵历经岁月雕琢的古茶树。我每次经过它们身旁，隐约能感受到这些数百年古茶树浑厚而有力的脉息。从茶树上采摘的嫩芽嫩叶制成的茶，可否也像古茶树一样自带长寿基因呢？至少可以应了那句话："一切有质量的生命，其生长都是从容而舒缓的。"

"一切有质量的生命，其生长都是从容而舒缓的"

　　我爱哎冷山，我爱哎冷山的茶，尤爱那里制茶的布朗民族。

## 2021 年 6 月 2 日

外面下着雨，忽大忽小、忽急忽慢。这样的天气着实不宜试茶，但我等不及了。历时两个多月，从采摘鲜叶、初制毛茶、茶山"暂坐"到压饼下山，终于可以喝到景迈哎冷山上的头春古树新茶了。我也顾不得"人家"旅途劳顿，急烧水慢冲瀹。氤氲的茶香在"茶窝窝"里飘逸着。开汤初尝，兰花香突显得让人陶醉：细苦微涩，让口感更加丰富饱满；甜蜜深及入喉，且余韵悠长。这较完整地体现了景迈茶的独特魅力。十年磨一剑，我深深体会到，只有山好、水好、人好的地方才能制作出好茶来。

难以挑剔的头春古树新茶

品鉴感受景迈茶的特点：净度高，色泽美，香气扬，回甘快，生津好，甜度强，喉韵深，茶气足。若要说点儿不足，还真难挑剔。容我想想……

## 2021 年 8 月 19 日

喝来喝去，回归 2013 年景迈古树茶，总有飘飘然像醉了的感觉。徐徐弥漫的兰花香气，让我仿佛又置身于宁静澄明的景迈茶山中，漫步在云雾缭绕的薄纱般晨雾上；似乎又远离了城市的喧嚣和社会的嘈杂，体会那种哎冷山上采茶的收获和自得，还有人与自然融洽相处、和谐共存的美好。有美好就要努力延续，所以一年四季的每一天皆是如此往复……认真地瀹茶，"瀹"自己。

陶醉于 2013 年制作的景迈古树茶

景迈茶山上薄纱般的晨雾

## 2022 年 3 月 26 日

"大王派我来巡山"。到达茶山后的次日早上,我匆匆吃了两个鸡蛋,就呼哧带喘地爬哎冷山。刚刚下了三天雨,山上还有一些湿的痕迹。雷声振出了古茶树的嫩芽,它们噼里啪啦地钻出来。看来,这又是一个丰收年。雨后的茶山清新苍翠,郁郁葱葱。走在落满枯叶、蜿蜒曲折的石板小路上,听树上鸟儿鸣啾,看茶树新芽跳舞,煞是喜人。

古茶树长出的新嫩芽

当地政府修建的设施

景迈山"申遗"活动已经进入倒计时阶段。当地政府修新路,埋地下管道,资本、科技等纷至沓来。古老、自然曾经塑造的习惯、生活方式受到影响,随之发生了变化。

## 2022 年 3 月 30 日

我每天照例爬哎冷山,收购茶农自采的古树鲜叶,晚上再卖力地炒上两锅萎凋后的鲜叶。收工后,流着汗同炒茶师傅们围着火塘一起喝点儿小

收茶农自采的古树鲜叶

茶农赚到钱后面露喜色

酒，然后迷迷糊糊睡到天亮。甭想那么多远的、近的烦心事儿。

今年，景迈山古茶树芽发得好，每天看着煞是喜人。但是，像我这种"胆大不怕丢人"来做茶的没有几个，也许是大多数人都"为情所困"了吧。看着茶树嫩芽噌噌地往外蹿，真的为茶农们捏着一把汗；但看见他们该吃吃、该喝喝、该乐乐，心里也就释然了。有啥着急的嘛。不是有那么一句话："留着茶山在，还怕没茶喝？"啧啧，真是的，杞人忧天。

### 2022 年 4 月 1 日

昨晚风骤雨疏。早上空气像净化了一样，是我喜欢的那种。我穿上防雨服，轻装奔向哎冷山。雨天，茶农们不采茶，任由嫩芽变老叶也没办法。因为普洱茶是晒青毛茶，最讲究太阳日晒——无遮无挡的直晒，所以有人形容刚晒出来的毛茶"有太阳的味道"。我也会经常一个人傻傻地咀嚼这"太阳的味道"，只能意会了。

每次在茶山上遇到茶农们，他们都会笑逐颜开地和你说上几句听不大懂的"普通话"；但你能感受到他们的真诚和快乐，还有能触摸到的幸福

上茶山遇到真诚快乐的茶农

感。我总在想：这是不是大自然给予他们的积极天性呢？其实，来这里最大的收获还是受他们的影响——心安，情绪稳定。也真心祝福他们得到有魂的茶树保佑，求仁得仁、福来福往。

2022 年 4 月 5 日

我是无神论者，但在茶山上，每天气喘吁吁地爬到哎冷山最高处的茶

在茶魂台虔诚地拜上几拜

茶农的笑脸

魂台边上，虔诚地拜上几拜，心口一致地叨叨几句。我祈祷上苍保佑茶山上的古茶树健康成长，尽量免受天灾人祸的损害。因为它是祖先为世代茶农们留下的赖以生存的基础，也是我们这些"茶虫"的身心健康口粮。有了它们，山上的茶农们才能诗意般踏实地栖居；有了它们，才能让山下的我们的日子味道浓厚，而不是清汤寡水……

## 2022 年 4 月 8 日

每天爬哎冷山，总是爬一爬、停一停。反正不着急，总会登顶的。上山的石板路蜿蜒曲折，凸凹不平。爬山的时候，调整着呼吸，一直留心着脚下，腾不出精力看身边的风景。只有停下脚步时，才能仰望天空，看看周围的花草树木。想一想，我们每个人何尝不是如此呢。努力攀爬，追求目标，得到一种期盼的快乐。然而换一个角度来看，放弃攀爬，停止追求，用平常心去看周围的美好，得到的是另一种快乐和境界。嗯，既不放弃追求，也不追求太多，找到让自己身心满足的平衡状态就好啦……不着

爬哎冷山的茶农们

登上哎冷山后的喜悦

急，慢慢爬吧，总会有"山登绝顶我为峰"的时候。

### 2022 年 6 月 30 日

顺丰快递小哥说，有茶山的茶寄到了。盒子不大，打开后惊喜交加，那是两坨有点儿"丑丑"的茶瓜。

我爱不释手地将茶捧在手心，左端详、右欣赏，思绪又飞回了在景迈山的时光。在景迈山时，我每天都要爬哎冷山一两趟。上山时都会经过那棵茶魂树，每次都在树旁待上一会儿，呢喃上几句似乎彼此都听得懂的悄悄话。因为这棵茶树，我认识了它的主人濮三马，一个有点儿黑黑的、总是笑嘻嘻的、世代以种茶为生的布朗族汉子。他为了让这棵茶魂树更有生命力，连续三年没采它的鲜叶，以至今春的芽叶开得繁茂苍劲，路过者无不驻足观赏，喜爱至极。

茶山寄来的"丑丑"的茶瓜

与三马兄弟在茶魂树上

再说一下茶魂树。在哎冷山上，每片古茶树林中都会有一棵茶魂树，它是享受布朗族人祭拜和供奉的茶树，也是古人新开园种茶树时举行祭拜仪式后种植的第一棵茶树。旧时，从茶魂树上采摘的鲜叶通常由头人亲自炒制，制成的茶叶不对外出售，主要用于供奉神灵或向头人进贡。茶魂树长势茂盛，粗壮挺拔，所制之茶极具区域性。

铺垫了这么多，还要回到开头的两个"丑丑"的茶瓜。今年春天，濮三马用这棵养了三年的茶魂树采摘的鲜叶，亲自制成茶寄给我。这是何其珍贵的礼物。选个吉日，待我身心舒朗时，净手开瓜沏茶，尽享一段光阴的故事。

我曾问过三马兄弟，这棵茶树树龄有多少年了。他一脸诚恳加无奈的眼神看着我说："我爷爷也不知道它的树龄有多少年。"

## 2023 年 4 月 4 日

在茶山的日子过得很快。转眼 8 天了，每天我除了收鲜叶、爬茶山，就是试新茶、喝小酒。日子过得倒是简单，入乡随俗嘛。这里的茶农老老

在茶山上入乡随俗的生活

茶山上淳朴的布朗族人

实实，有一说一；这里的茶价实实在在，说一做一。不像其他某些地方，把茶价炒到了"天花板"上。受经济利益驱使，当地一些茶农和大款茶商们像变色龙似的变换各种套路，把大自然馈赠给人们的美好、健康的东西人为地弄得那么复杂。复杂的东西，往往都有难言之隐或不可告人的目的，还要夹杂着虚假和谎言。我是不是有点"吃不着葡萄说葡萄酸"的嫌疑呢？所以，我一直喜欢这里，喜欢这里的布朗族人。正如他们从这里山上刚采摘下来的古树鲜叶一样，干净、简单、阳光，充满正能量。

作家毛姆曾说过，"落后于时代的人总有一种特别的魅力。不必急于追赶时代，遵循自我内心的速度，慢是一种审慎之魅，也是张弛有度的自信。"毛姆是外国人吧？来过景迈山吗？

## 2023 年 4 月 11 日

在茶山的日子，每天上午务必要爬哎冷山，喜欢看古茶树每天钻出来的新嫩芽，并摘下一朵有芽有叶的放在嘴里咀嚼上一会儿，先微苦后甘

茶农在采摘嫩芽鲜叶

古茶树每天钻出的嫩芽

甜，能持久到爬上山顶。在绿色的自然茶山上，每次都感觉自己也被染上一身碧绿，沁上一身茶香。一棵棵古茶树和其他不知名的古树丛生在茶山上，勾勒出灵动的线条。大姑娘、小媳妇、老婆婆隐隐约约点缀在茶树上，无疑是一幅美丽的、真实的茶山图画。我总在想，采茶人在茶树间爬上爬下，埋头于摘嫩芽鲜叶，不经意间看到被慢慢装满的斜挎布袋，是不是特别有一种收获的喜悦呢？茶农们的财富和幸福，也是这样一点儿一点儿积累起来的。

## 2023 年 8 月 4 日

这种持续的高温在北方还真是少见，热浪滚滚，暑气逼人。闲来泡茶就成了最好的消暑办法，每天泡热茶祛除体内湿热。通过来自云南大山深处的这把树叶，在家也能感受到大地、森林、雨露和阳光。最后，它成为

炎热夏日在家泡茶消暑

这一杯和谐、完美的茶汤，被有缘的人们接受。恰好此时，饮这杯茶的独处时光可否将思绪迷失在云南茶山之巅呢？……

## 2024 年 1 月 7 日

　　"昔罕瓜"彰显出的力量，才是对它不同生命时期的一种肯定。做茶是很辛苦的活儿，尤其是做"昔罕瓜"，从忙麓山选料、毛茶制作到瓜的定型、晾干温度等，需要你具有爱和执着。天行有常，事物发展不以人的意志为转移，但万物运行的奥妙只能经由人类谦卑而努力的寻找才得以显现。给"昔罕瓜"一个干净、温度和湿度的空间，以及一份等待转化的耐心，它定不负众望，会带来一杯独一无二、集天地能量的茶汤，把有缘相遇的人们身心都照亮了……

　　做茶是辛苦活儿，得有爱和执着才行。

做茶是辛苦活儿，得有爱和执着才行

**2024 年 1 月 21 日**

　　喝了二十几年普洱茶，用心研究、制作了十几年普洱茶，总感觉什么茶树种、山头、寨子、制茶工艺，自己门清得很了。可是中国茶已经有千余年历史了，比较而言，自己真是"一叶障目，不见泰山"。2023 年底去景迈山，晚上酒后闲溜达，走进一户陌生的布朗族人家。几个布朗族老人正围在篝火旁取暖，看到我这个脸大的外地人，于是拿出自烤酒和大壶茶招待"不速之客"。我客气地抿了一口茶，果酸的味道。好奇地又喝了一大口，酸酸的感觉在口腔中扩散开来。我正犹豫着，想问怎么是酸酸的味道。片刻，一股甘甜在喉咙袅袅蔓延开来。我心中一亮：莫非这就是传说中布朗族的"腌茶"？据说，"腌茶"历史悠久，制作工艺烦琐，周期长、损耗大，现在只有少数布朗族老人掌握这种传统制茶技艺。"人间万事消磨尽，只有清香似旧时。"那天晚上，没有茶宜精舍、幽人雅士，只有在松月下烤篝火、品"腌茶"、长技能。果木烤出的篝火香与"腌茶"的果酸香融为一体，共同构成一方独特的喝茶空间。烟雾缭绕间，人随茶走，思

"人间万事消磨尽，只有清香似旧时"

绪如风，"寒夜客来茶当酒，竹炉汤沸火初红。"实在舍不得离开。这方布朗族土地和世代聚居在这里的布朗族人们，了不得啊！

## 2024 年 4 月 3 日

在这里，我每天上午都要爬一次哎冷山。那古茶树散发出弥漫在山上的淡淡的清香，驱散了我头晚残留在体内快乐的酒气。更主要的原因是，看不够古茶树之姿或俯或仰，或依或盼，姿态万千，我心亦随之陶然；如画中疏影，或密或疏，枝干交错，层层叠叠。山风吹动着古茶树叶，诉说着岁月的故事，映照着时光的深浅。

看不够古茶树之姿

## 2024 年 4 月 4 日

四月四，本该是茶山上雨纷纷的日子。抬头看一看天空，咋就没有下雨的征象呢？今年茶山上古茶树罹遭长毛虫害。某些专家给出"良方"，

"人定胜天"，啥时候都是正确的选择

让茶农打什么"生物农药"。茶农们集体表决后认为，宁可没茶做、没收入，也决不允许打农药。纯朴的茶农有"接地气"的办法，组织人力白天黑夜地爬到茶树上徒手抓虫子。"人定胜天"，啥时候都是正确的选择。我一边爬山、一边念叨着"清明时节雨纷纷"。心诚则灵，一旦准了，下午来一场酣畅淋漓的大雨，该是多么开心和给力的事儿啊！

# 第二章　昔归牵绕茶人魂

【简单喝普洱茶】懂茶或不懂茶不重要，重要的是我们每天都在喝茶。好茶在手，一人得幽，二人得趣，三人成品，于尘世偷来闲暇时光，不啻为人生一大乐事。

茶可修心，以茶雅志

当我们喝茶的时候，请你把身份放在一边，把虚荣放在一边，把贪欲放在一边。茶可承受不起那些分量。平静的人才能从茶中寻到惬意的时光，才能做到"茶可修心，以茶雅志"。

下午冒着小雨去茶山采螃蟹脚，感慨古茶的神奇。古茶树从幼苗时期开始，便在云南这片神奇的土地上、清晰壮丽的星空下吐故纳新，直至长成参天大树。在这个漫长的时间里，唯有亘古不变的日月星辰和世世代代生活在这里的茶农，才能见证这种植物的每一寸成长。

唯有茶农才能见证古茶树的每一寸生长

### 2014 年 11 月 3 日

对古树昔归茶又有新的心动

回湾子里几天了，忙碌得没定下神来。今天早晨去海边健走一小时，回到家里彻底放松一下身心，屏气凝神地泡一壶前些天从昔归带回的古树昔归散茶。醇厚的口感，清甜的回甘，一波一波的兰花香，似对此茶又有新的心动。思绪又回到在昔归寨子的情景。每天喝不同茶农手艺、不同树龄、不同时间采摘的茶叶，冲击着疲倦、挑剔的口腔和味蕾，直至身体暖暖的、软软的、醉醉的方作罢。普洱茶的神奇，不同的地盘、不同的时间、不同的环境、不同的情绪，诸多不同，诸多变化。为什么喜欢普洱茶？多年纠结的问题有了答案……为什么不呢？

### 2015 年 2 月 8 日

【"昔归瓜"】喜欢茶山中昔归这个名字，更喜欢昔归茶。有时要喝到一款好茶，是需要真诚和孤独的。2014 年秋天，从临沧出发，辗转曼岗、那罕到达昔归，收鲜叶、晒毛茶，由贺老师手制的昔归古树一斤"瓜"今天终于做成了（因为毛茶在茶山上放了三个月，去茶青的"生"味），甚至有不忍下刀之感。本着少品尝、多收藏的原则，净手煮农夫山泉轻瀹此"瓜"，几乎囊括了昔归古树茶所有特征。喜乐的心情充实得满满的，简述一句：山实昔归秀，茶称"昔归瓜"。

山实昔归秀，茶称"昔归瓜"

### 2015 年 2 月 26 日

十几天时间，圆圆的"昔归瓜"被喝成了凸凹不平的样子。每次泡它时不忍心用茶刀去撬，用手小心地一根根地拽出来放进壶里。喜欢喝茶前这小小的烦琐，与茶亲切的、细腻的交流。之后这种耐心等待会融入身体的细微处，是一种回报，一种自涅槃的回馈，一种生长在原始森林

喝茶前与茶进行美妙的交流

中、延续几千年生命的通灵。能与之相融和共鸣，怎么不是一种美妙呢？

### 2015 年 9 月 11 日

昨天，勤快地用紫外线消毒机给茶室的茶消菌。因为没有采取预防措施，结果眼睛肿了，害得家人连夜带我去医院买药、清洗。今天正为自己的无知而懊恼，欣逢贺老师从云南寄来了"及时雨"。这是我最喜欢的昔

品茶，体会人生的千般滋味

归茶，一款2008年贺老师自己做的昔归古树茶。我的心情自然好得不得了，于是烫"供春"、温"青花"，以"太极拳"的状态，一泡、二泡、三泡……随着醇厚、金黄的茶汤慢慢进入体内，汗从身体不同部位被挤出来，产生飘飘欲仙之感，忘记了眼睛的些许不适，彻彻底底应了那句"啜过始知真味永"。一懊一喜，一茶一缘，让我体会着每个日子的千般滋味。

## 2015 年 9 月 23 日

今天，秋分至，天高远，云淡然，风轻动，茶飘香。"茶虫"们已蠢蠢

秋分至，采"谷花"

欲动,该是上茶山、采"谷花"的时节了。秋茶,是二十四节气中秋分至白露之间采摘的茶。也不知谁起名为"谷花",权且跟着这么叫了。很多人钟情于明前茶,我也在其中。然而"谷花"经过整个夏天的风吹日晒,也会煎熬出醇厚、浓烈的品性。究竟哪个好,我认为各有千秋、难分高下,还是随自己的口味和喜好吧。贺老师已经先一步带着我的期望整装出发去昔归,收鲜叶,制毛茶,造"昔罕瓜"。我已经按捺不住地向往。等待着,再次踏上茶山征程,昔人归来。

## 2015 年 11 月 11 日

昔归,当我第一次听到这个名字,第一次品尝和咀嚼昔归茶的醇厚时,就已经产生了浓厚的兴趣。

澜沧江边的昔归忙麓山

我纳闷,在大山深处、澜沧江边、交通崎岖的小山寨,竟有如此"洋气"和雅致的名字,且价格不菲。当我走进了梦中的昔归忙麓山这片古老茶园时,才慢慢解开了心中的疑惑。这里的茶树生长有些奇怪,人们称之为藤条茶树,是经过许多代茶农剪裁、培育、演变出来的,目的在于削减主干、支干生长,以使其更深地扎根在土地里,减少茶叶芽头数量,使茶叶营养更充分,内含物质更丰富。我想起今年10月去葡萄牙酒庄的葡萄园参观时,庄主介绍说,控制葡萄产量是酿出一款好葡萄酒的关键。两者有无相同的地方,不去考证了。从几代、几十代茶农祖先们对茶树不离不争、不离不弃的厮守和呵护来看，你还能仅从价格上去衡量吗？这也许是上苍的意思吧。

## 2016 年 5 月 26 日

　　上午，继续试今年做的昔归古树散茶。昔归，早期称"锡规"，地处临沧市邦东乡地界，面积约 4 平方公里，海拔 750 米，年平均气温 21℃。昔归茶树属于邦东大叶种，大部分树龄为 200 ~ 300 年，有些独特的藤条古茶树。清末《缅宁县志》记载："邦东乡则蛮鹿，锡规尤特著，蛮鹿茶色味之佳，超过其他产茶区。"

试昔归古树散茶

　　我取一只日本大正年间内染付白乐烧小盖碗，用与盖碗大小相差无几的龙窑柴烧油滴火焰盏，免去公道杯过程，盖碗瀹茶，直接倒入盏中。一米阳光泻在盏中，茶汤展现出云影斑斓，让人徘徊流连在一水间，秒间忘记了"品"茶的意义，且赏盏中乾坤，且观茶中氤氲。

　　美器佳盏终为茶，慢慢回过神来，昔归茶终归到茶中滋味。舌面微涩，随后转为两颊绵绵情意，微苦后的甘甜从喉咙冉冉漫遍口腔，久久不退。细腻的茶汤，隐隐的茶气，在体内暖暖扩散。可能是茶太新的缘故，昔归茶兰花香的特色不明显。普洱茶的魅力在于，期待着你去用时间和它相伴、陪它成长，随着时间它会转化出各异的风采。

　　修行自己的急脾气，慢慢涤去浮躁，耐心等候着与昔归每年的"一期一会"。

**2016 年 12 月 3 日**

深夜静默，只能听到屋外椰子树大叶子被风吹起的瑟瑟声。正是试茶的好节气，取赖老生日纪念壶，朱泥小葵花，选今年和贺老师做的昔归忙麓山古树散茶，一根一根插入壶中，注入沸水浇软后委屈地把它们卷入壶中，在水的媒介作用下，让它们释放出生命的能量。将每一泡茶汤倒入两个杯子——龙窑柴烧柿红盏、景德镇小雅青瓷，是否会有不同的口感？

入口后由苦而微涩，随之生津而甘甜

植物各有其独特的味道：甘蔗是头尾都甜，苦瓜是连根皆苦，柠檬则里外均酸。古树普洱茶，一种来自大自然的植物，则表现出多重复杂的特性：入口后由苦而微涩，随之生津而甘甜。长时间贮藏也不失其味，即使工艺有别，但不管制成毛茶，蒸压成饼、成瓜状，还是熬成膏状，经沸水冲泡，其生命的特质永不改变。

对于昔归茶的细腻，我没有抵抗力。庆幸自己这几年能去茶山，与志趣相投的人一起做自己喜欢的茶。在这"乱花渐欲迷人眼"的茶江湖，茶商越来越多了，茶人越来越少了，能够潜心钻研制茶工艺的匠人之少更是犹如大熊猫。将从树上采摘下来的一片叶子变成一根茶叶，确实需要制茶人心手相调才行啊。

一壶茶引出了茶的前世与今生，还是继续尝我的昔归茶吧。味正甜，正酽……嗯，就是这个味儿。

## 2017 年 4 月 19 日

　　早早就醒了，趁湾子里太阳还没升起来，到院子外欢快地走上一小时。回到家正是早茶时间，泡上随身携带的去年的昔归忙麓山生普，细腻的、熟悉的、渴望的茶汤不断冲击着周身。五泡、六泡之后，喝彩的、甜蜜的、通透的一身汗涔涔，足够甩掉这一天身上的疲劳，足够补充这一天旅途中

喝茶能够甩掉一身疲劳

的能量。柴米油盐酱醋茶，有茶才有这一天天的美丽家园故事。

## 2018 年 10 月 4 日

　　打开外面裹着的一层白纱布，扒开内包装的薄纸，一股熟悉的味道扑

昔归茶让我身心静默和温暖

面而来，在手上的分量更重了。在入境加拿大进行边检时被询问是否携带了中国食品，我自豪地答曰：中国茶。来加拿大一周有余，过贾斯伯，游班夫国家公园。不同的国度，不同的生活习俗，不同的气候环境，不同的时差，每每都要有所改变地去适应。唯有每天一壶"昔归"茶，让我身心静默和温暖。喜欢昔归茶，是因为它入口细腻、茶气厚重；然而在这里不仅仅是身体的感受，更有一种归属感。它让我每天自觉地去触碰它，使我心情愉快，支撑着我每天去做该做的事情。

## 2018 年 10 月 17 日

2016 年，霄儿回加拿大。我往他的行李里塞了几个 2014—2016 年贺老师做的古树"昔归瓜"，嘱咐他回去后要买器皿密封，待到春夏秋冬好时节偶尔打开器皿"放放风"。这次我来加拿大，检查了给霄儿留的"作业"，分别泡了在加拿大存放的中国云南昔归忙麓山的瓜茶，每次都既惊

"千锤百炼"才能"越陈越香"

讶又惊喜。"越陈越香"，是我一直以来收藏普洱茶的心得。面对普洱茶市场的乱象，伪科学的泛滥，多年来，我坚持有选择地做茶，谨慎地收存，细心地调理，"千锤百炼"才能"越陈越香"的形容一点也不为过。不必纠结这句话出自哪里，永恒是咱们老祖宗留下的宝贵财富，每个喜欢普洱

茶的人都应当"择善而从之",不盲从、不盲目。

2018 年 12 月 22 日

　　来自昔归忙麓山藤条古树料的"昔罕瓜",经过两个多月的用心制作,终于可以饮用了。打开箱子,去掉纱布和内衬纸,放在手上稀罕得不得了,不知道、不舍得从什么地方撬开。备壶烧水,心思集中于品茶,边喝边赞叹不已。浓郁的茶汤,平和、中庸的口感,正是我和贺老师所期望的。虽是新品,但不刺、不烈、不苦、不涩,甜感从胸部向喉咙浸出,茶气隐隐透出身体。停顿片刻,细细琢磨,一种迷人的满足感油然而生。或许正是"昔罕瓜"拥有无法预知的未来世界,才引导我每年痴迷地探索和耐心等待。"昔罕瓜",未来的"金瓜"。

喝新品"昔罕瓜"

2019 年 3 月 6 日

　　喝茶能解渴吗?喝茶能醒酒吗?喝茶能静心吗?……多喝就能找到属于自己的那个,我喝茶能获得快乐。一天喝一次,就快乐一会儿;喝两回，就快乐两会儿。

《小窗幽记》卷五《素》中有云："热肠如沸，茶不胜酒；幽韵如云，酒不胜茶。酒类侠，茶类隐。酒固道广，茶亦德素。"

夜深了，有些静。喝一会儿茶，再快乐一会儿吧。

### 2019年4月29日

喝一会儿茶，再快乐一会儿

我喜欢瀹茶，给朋友瀹、给家人瀹，大多数时间是给自己瀹。不用技巧，无须炫耀，其实就是一个简单的、循环的拿起和放下。

联合国有关机构认定，茶是好东西。好东西就应该是自然的、健康的，令人愉悦的，而不应该向上面喷洒各种乱七八糟的东西。换个角度想，好东西需求多了，无人监管，不喷洒一些东西怎么能高产呢？现实商

畅饮2019年头春制作的忙麓山昔归茶

业模式中，一切受经济利益驱动，没有什么可奇怪的。

瀹一壶今年头春制作的忙麓山昔归茶，一边独自享受着，一边反思着。说享受一点也不为过，涨到万八千元一公斤的茶，怎么能作为每日口粮茶呢？这就好比喝酒，平日朋友聚会小酌，什么酒喝着都尽兴；但偶尔喝口茅台、路易十三，真的就属于享受了。反思的结果是，喜欢的茶越来越贵，越来越做不起了；但令人欣喜的是，前几年做的忙麓山的茶还够喝到老的。

每天喝茶之余，晃一眼吕蒙正的《寒窑赋》："嗟呼！人生在世，富贵不能尽恃，贫贱不可尽欺。听由天地循环，周而复始焉。"

## 2019 年 6 月 30 日

一壶一盏、一心一意，瀹这泡茶。昨日老班章，今日刮风寨。想起这些大山深处寨子的名字，就已经让我有些醉了。以后不再为每天喝什么寨子的茶而纠结了，沿着自己走过寨子的足迹喝起，随着自己的记忆小路喝

一壶一盏，一心一意

起。每当此时，会把散乱的或过于纠结的心彻底放下，忐忑地品这款茶。经过岁月的沉淀，不知它转化到什么程度：或浮华或深沉，或苦涩或甘甜，或浓郁或清纯。静静地守候，只为与有缘人相遇，才肯告诉你关于思念、成长、芳香、包容的故事，历久弥新。

**2019 年 7 月 29 日**

回到"茶窝窝"，暂时离开那汲汲营营的繁乱，心情极好。信手拈来一"昔归瓜"，慢慢地等一壶水沸腾，若无其事地泡茶翻闲书。氤氲的茶香扑面而来，又拂面而去。每每此时此刻，瞬间会觉得整个人都变得踏实，然后心里乐呵呵、美滋滋、大大咧咧地喝上一顿饱茶汤。

回到"茶窝窝"泡茶翻书

**2019 年 8 月 9 日**

胡晓说："普洱茶最大的品饮核心价值就是茶能量的转移，最后被人所利用。就是朊之说。"茶学无止境啊！

茶学无止境

2019 年 10 月 19 日

　　很多朋友问我，为什么喜欢藤条茶，什么形状的茶树属于藤条茶树。其实我自己对此也是一知半解。早期只是觉得，树形奇特的茶树，做出的茶口感细腻，茶气爆发力强劲。这次来茶山，有意识地请教当地的老师们，并把学到的皮毛记录下来与大家分享。

　　藤条茶树主要分布在邦东昔归寨子的忙麓山和勐库东半山的坝糯、正气堂一带，其他地区产量较少。由于藤条古茶树在生长形态上有别于其他树种，枝条遒劲盘结，犹如藤子，因此不知何时被人们称为藤条茶。史上有记载，它曾被列为头人、土司以及历代进贡的首选专供茶。

　　藤条树虽然别具外形，但仍然是古茶树大叶种属。究其成因，据当地老茶人讲，先辈茶农们在漫长的茶事生产中，结合乔木大叶种的特性和茶树周围的气候变化、地理环境，在茶树生长到一定程度时，按照特定种植管护和采摘方式，经长期实践总结出一种特殊的管理、养护模式。这种模

61

式始于明末清初，是中原的先进农耕文化进入澜沧江中游两岸，与云南古老传统的种茶、制茶模式相结合的产物，逐渐成熟于清代，并在民国时期得到大规模推广。

我总爱用笨拙的方式寻思，这种茶树主干壮而矮，藤枝匀而密，利于光照和雨露滋润，芽叶吸收土壤养分直接且充分。这与所谓"高杆"不同，土壤的养分经由五六米高的主干到枝干再到枝叶，已经"筋疲力尽"了，采摘下来的芽叶做成的茶怎能有强劲的爆发力呢？所以称"为后为妃"也是恰到好处。相反，这种藤条树几乎生长在云雾缭绕的大山上面，土壤多是云南独特的砂岩和花岗岩，经风化形成的山地红土壤和赤红土壤。茶树和岩石共融给藤条茶树的生长和营养提供了绝佳的吸收条件，使藤条蓬勃蔓延，向着太阳茁壮成长。

藤条茶，后劲十足，我喜欢。

藤条茶树主干壮而矮，藤枝匀而密

2019 年 10 月 30 日

# 寻找古茶山，行走澜沧江

从昔归顺着澜沧江到白莺山，车行驶在半山公路上。下面是像玉一般颜色的澜沧江，上面是翠绿的山脉。抬头看得到山，低头看得见水。由于雨水充沛，澜沧江两岸植被茂密，因此而养育了许许多多的生命。一路上，小雨时有时无，车窗外满眼都是惊艳和惊奇。贺老师说，以前从临沧去昆明仅有这一条路。我说，你们这里的人太幸福了，可以拥有和享受这么美的大自然。

玉色澜沧江，满眼皆惊喜

从澜沧江漫湾大坝顺着一条小路往上走，就是登白莺山的路了。虽然白莺山海拔 2000 米，但因路窄湾多悬崖峭，"霸道"足足开了 3 小时。车窗外时而雾霭茫茫，汽车仿佛穿行在云海中；时而急雨匆匆；时而晴空万里。"山不在高，有仙则名"，我懂得"无限风光在险峰"，那里有我喜欢和期待的东西。

白莺山，一座喜欢古树普洱茶的人必来的地方。它是多种古茶树种群的发源地，也可以说是古茶树物种基因研究基地，上千年形状各异的古茶树随处可见。前几年我做过一款"若

无限风光在险峰

仙幽兰"八百年野生古树茶，其茶菁就选自这里，茶汤氤氲出的山野气息让我至今记忆犹新。我喜爱古茶树，更喜爱寻找古茶树过程的快乐。

我爱古茶树，更爱寻找古茶树的过程

鲁史，曾经是茶马古道上的一座重镇。追溯普洱茶的历史，就不能不提鲁史。很多年想来鲁史感受"马蹄踏破青石板"的愿望，这次终于实现了。古镇历经四季交替、岁月更迭，如今已是灰尘满屋、杂乱无序、残败凋零。曾经的繁华喧嚣场景不见了，取而代之的是一片残败的景象，不免让人惋惜。看见那些留在青石板上的马蹄印，我仿佛看到了昔日浩浩荡荡的马帮队伍，听到了叮叮当当的马铃声。徜徉在古镇里，

岁月更替，古痕犹在

在古建筑前、石板道上驻足观察，我看到了经过岁月洗礼后仍如画卷般存在的痕迹美。

走古道，品古味

大凡古村落，都会有自己独特的饮食。马帮走过的地方，必定留下曾经的味道。鲁史古镇的风干火腿，起源于马帮从此走过的年代。火腿味道如何，必须亲口尝一尝。少不了的是，再来两杯当地的自烤苞谷酒。

### 2019 年 12 月 5 日

今天，继续用它们来"照亮"自己。选择 2014 年昔归忙麓山古树普洱茶，用开过的新壶与之匹配。方寸之间，那些由"微生物"施展的时间魔法，口感细腻丰富得让人心旌摇荡。五年间酶促作用下的"微生物"不入寻常法眼却"力大无穷"。丰富的营养，独一无二的口感，所需的不过是一个干净的空间，一个恒定的温

五年间酶促作用下"微生物"的魔法

度和湿度，以及一份等待转化的耐心，还有入口后不可思议的惊喜。

天下发生许多事儿，铺天盖地的新闻让人静不下心来。还是回到让自己喜爱的东西，默默地牵引着往前走吧。坐在这儿有板有眼地泡我的"昔罕瓜"，内心才有力量。跟着自己的灵魂去做事，喝惯了的茶一直喝，总想找出这款茶的瑕疵，可能"爱屋及乌"地把它想得美，真的没找到它的"硬伤"所在，倒是越喝越多的优点让你回避不了、挥之不去。我懒得用茶桌上那些惯用的话去评判。一位喜欢普洱茶的美女茶友对茶品评的一句话挺有道理，"好茶，越喝越想喝，越喝越爱喝。"嗯，我现在就是想喝，爱喝。

"昔罕瓜"，越喝越想喝，越喝越爱喝

几乎每天都泡茶，就像人每天都吃饭一样。独自一人在家里时泡，有朋友时更愿意泡。只要有喝茶的场景，就情不自禁地想坐上去比画一阵子。对茶及其"身边"的什么壶了，杯了，都倍感亲切。经常会有人吹捧我泡的茶不一样，其实自己除了有点儿沾沾自喜之外，"无他，惟手熟

泡茶，"惟手熟尔"

尔"，还赶不上"卖油翁"呢。然而，一个泡茶人还应具备一点素质，就是泡茶之前应将一捋茶的基本属性，包括是生还是熟，是新还是老，是古树还是生态……然后坐在那里，以平静的心情、缓慢的节奏、日常的心态来操作。任何一个懂茶的人看的不是这熟练的泡茶操作过程，而是彼此心照不宣的小秘密。这秘密或许是泡茶人与茶默契的承诺，把每一泡最美妙的茶汤召唤出来，呈现给茶桌前大眼瞪小眼的你们。当然，自己也一杯不少地跟着"逍遥"。或许"秘密"被人识破了，就是简单的两个字"节点"，可深悟为茶与水在壶（杯）里亲密纠缠被牵引出的那一刻。理解了这两个字，泡茶真的就不是事儿。

## 2020 年 2 月 20 日

一场突如其来的疫情在全国蔓延。看着每天不断增加的数字，闭门待在家里，如能"事不关己"地"守静笃"活着才怪呢。平时自己若有点小病，给自己当医生下点"小药"就解决问题。可是，当国家遭遇突如其来的疫情时，每

闭门索居，幸有这茶陪伴在身边

个国人的身心都会感觉撕裂般的疼痛。纵然你再有力量，心理再强大，也会感到自己的渺小和无奈。困顿、焦虑、躁动，成了每个"宅"在家里的人或多或少都要承受的心理负荷。耐心熬着，等待奇迹出现。如果不是因为疫情，真的不愿接受这种"宅闲"，使出浑身解数打发无聊的时光。我常自吹，说自己泡茶时是安静的；但是这段日子，经常泡着泡着，外面铺天盖地的消息让人无法淡定。越是这样，越要安静。幸有这意中茶，无论何时何地都不离不弃地陪伴在身边，去急躁、通筋络，把日子过得张弛有度。想想这些，就有板有眼、不紧不慢地又继续泡下去了……

## 2020 年 4 月 2 日

今年的茶山上，真的比往年清静了很多。我每天拖着不太灵便的腿，在茶山上窜来窜去。除了爬到树上采摘鲜叶的茶农，几乎没见过外地人。这还真让人有些不怎么习惯了。茶农见到我都热情地打招呼，心里却在嘀咕：这个人又来了。

收茶农们送来的鲜叶

今年的古树茶减产了，跟疫情没有半毛钱关系，原因很多。古茶树靠雨露滋润，干旱应该是减产的最主要原因。来这里两天，皮肤感觉明显的干燥。人都感觉出来了，大自然也同样感受到干旱的煎熬。

古树茶现在是个"香饽饽"，大家都在抢这点儿资源；但大多抢的是概念，是"古树茶"这个名，而未必是原料。我则与他人不同，每天拿着几摞厚厚的人民币，等着大妈、大婶、大爷、小媳妇、小姑娘、小伙子们从茶山上送来刚采摘的、绿油油并散发着太阳味道的古茶树上的鲜叶。

有朋友问，怎样鉴别是不是古树茶？长期喝古树茶，就是那么微妙的感觉。解释起来可能"差之毫厘，谬以千里"。我的土办法就是，"蹲"在茶山上，自己收鲜叶做出来的那个茶的口感和味道。

每天看着送鲜叶的茶农们脸上纯朴的笑容，以及带着一早上的劳动所得离去的背影，我内心深处感到温暖和富足。

## 2020 年 4 月 15 日

这两天有些忙碌，忘记写点什么了。换种思维想一想，一年中也只有这么一件正经事儿，还是印在骨子里自己喜欢的事儿，付诸实际行动中就会现出满足的、自然流露的笑容，让自己全神贯注、乐此不疲。

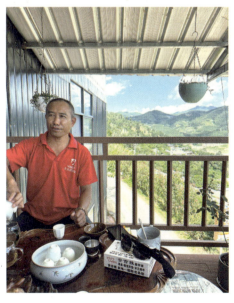

做自己喜欢的事儿，就会乐此不疲

昨天，茶农去山里采了一些蜂蜜和蜂巢送过来。今天吃早餐时，舀了几勺蜂蜜拌进三哥熬的粥里，连吃了几碗，感觉好极了。

## 2020 年 4 月 22 日

过了刮风寨再前行一段，就是小红兄弟的初制所——一个四面环山的风水宝地。我在这里一待就是四个日夜。没有电视可看，手机信号时有时无。除了抬头看山、低头喝茶，似乎没有什么事情可干。看似简单无聊的日子，但对于我这个"嗜茶"的人可以说绝对是一次"海天盛筵"。每天，茶王树、白沙河、沙坪坝、黑水梁子、家边小树，随意翻着刮风寨几个山

抬头看山，低头喝茶，真是"海天盛筵"

头茶的牌子，闻着漫山遍野茶树的清香，眺望高低错落的古茶树，真有一种"河水炖河鱼"的原滋原味感觉。因为喜爱，我一直喝着茶，让茶能量调动身体的能量，并循环至身体的细微处，处心积虑地想清除血管中的"尘埃"，让自己想不轻松、不豁达、不滋养都难，于是气色便大不同。

## 2020 年 4 月 25 日

结束了在茶山上的守候，我日夜兼程地回岛了。那里是停泊的港湾，

茶，是身在草木之间的一场修行

那里也有春风、蓝天、碧海。途中，收到茶山上胡晓兄弟的送别语录："茶，是身在草木之间的一场修行。为一杯好茶的坚守，是自我精进一生的追求，亦是对茶最完美的善待。"这句话是对一个爱茶人最好的鼓励和肯定。嗯，哥哥记住了。

## 2020 年 7 月 13 日

临近中午时，外面下起了雨，不徐不疾。我怀着一种好心情走进了自己的"茶窝窝"；因为惦记着朋友刚刚做好的易武头春"张家湾"古树茶。

"要怎样收获，先那样栽"

从 4 月初采摘鲜叶、初制毛茶，到 7 月中旬饼茶成型，投入三个多月的时间和感情，只有制茶人才能诠释其中的奥秘。看着氤氲的茶气吸附在茶汤表面，变化莫测地转化着能量，似乎在告诉我们其中的"窍门"——"要怎样收获，先那样栽"。

## 2020 年 8 月 7 日

这些天，利用在"茶窝窝"泡茶的空档，我倒腾来倒腾去，为自己这些"老朋友"搬个新家。它们都陪伴我十几年了。一缸一坛、一罐一茶、一壶一杯，都是记忆的叠加，人情之所爱。与它们在"茶窝窝"里每天的厮磨，便可"别开清静之天，莫嫌地僻；不做繁华之梦，所爱日长"。不

"别开清静之天，莫嫌地僻；不做繁华之梦，所爱日长"

管外面怎样喧嚣热闹，我都可以在"茶窝窝"里翻几样牌子，发一会儿呆，眯上片刻清觉。也可以吸溜一下鼻子，闻一闻满窝的茶香。"茶窝窝"里的茶也有春秋，也知寒暑。它们在不同季节释放出不同味道、不同能量，给予与它有缘的人，这是不是古人所讲的"炁"之说呢？偶尔也会有三两好友来去自由，随心泡顺口的茶，侃一侃自己陈谷子烂芝麻的旧事，也是"牛逼"得很呢。久而久之，这成为每天的习惯，喜欢在"茶窝窝"里做自己想做、爱做的那些事儿。

## 2020 年 11 月 10 日

命运"收买"了我，我没气馁。我收买了这些"家伙"（指茶叶），每天乐此不疲地跟它们"泡"在一起。我喜欢那种有个性、先苦后甜的普洱茶，不欢迎那种人为的、先甜后苦的东西挤进来。就如人生平衡法则，我更喜欢前者的轨迹。

喜欢先苦后甜的普洱茶

## 2021 年 5 月 8 日

回到小岛上有一段日子了，但总静不下心来。陈谷子烂芝麻的事儿，让我这颗"火炭上的糖"总不能"吱吱作响"。每次从山上下来都要经历这

一起微笑，与人为善

些转折，仿佛从理想的"伊甸园"回到了"半机器人"的现实中。一次次去大山深处做些不咋来钱的事，总有些人不甚理解；但对于我来说，真的是有兴有趣有浪漫，最主要原因是能使自己慢下来、静下来，渐渐地看到自己、照见自我。回到现实后，磕磕碰碰在所难免。记得外国有一位诺贝尔生理学或医学奖得主曾经研究发现，影响一个人老化的东西叫端粒，其长度决定人老去的速度。端粒越长，年轻的状态就保持得越久。而影响端粒长度的负面情绪之一是嫉妒、缺乏友善、看人不爽等。今天是"世界微笑日"，我和你一起面带微笑，与人为善。

2021 年 5 月 17 日

　　这大白天的，干不了什么事儿，就独自"泡"在"茶窝窝"里。适逢云南友人捎来一款茶让我品尝。它并非产自什么名山名寨，而是来自云南边境打洛曼夕的高杆茶。我对高杆茶没有什么特殊的感觉，因此就有一搭没一搭地慢泡着。渐渐地，入口快了起来，有一种喝了这口想下口的冲动。口腔

取之自然、道之自然，才能禀出味真之茶

内变化之丰富，路线之清晰，气氜之回荡……悠然间，独思静醒。古树茶，来自大自然，可让人开阔眼界，不固守名山名寨，不拘泥流派纷呈，以朴实的传统之法，取之自然、道之自然，才能禀出味真之茶。

2021 年 6 月 16 日

　　每天在"茶窝窝"里"暂坐"。虽然与它们没有语言上的对话，但也是一种能量传递、精神交流，并且滋生快乐的力量。

每日在"茶窝窝"里"暂坐"，滋生快乐的力量

**2021 年 8 月 25 日**

　　有朋友来"茶窝窝"喝茶，嚷着要喝昔归忙麓山的茶。他知道我喜欢"这一口"，每年春天都要跑去忙麓山做一些新茶"香香嘴"。可是今年昔归古树茶价格涨得不像话，无奈只好摊开双手，"耸耸肩"开溜。所以，只好跟朋友说喝去年的吧。理由是，存放一年了，口感会更厚重，能量会更强劲。喝茶，本来就是有益又有福的事儿，只要干净（零农药残留）顺口，就不必追求高价格、名山头。既爱其是俗物"柴米油盐酱醋茶"，又可以保持一份诗意"琴棋书画诗酒茶"。两者搭配刚刚好，就好。

"独啜曰神，二客曰胜"

　　明代张源《茶录》载："饮茶以客少为贵，客众则喧。喧者雅趣乏矣。独啜曰神，二客曰胜，三四曰趣，五六曰泛，七八曰施。"照搬今天"茶窝窝"里喝茶，"曰胜"——胜利的"胜"。

**2021 年 9 月 22 日**

　　感觉好长时间没有好好地、静静地喝一会儿茶了。该办的正事忙活完了，又可以在"茶窝窝"里私会我的"老朋友""大将军"们了。翻一泡岁月使其颜色变得红红彤彤、油油亮亮的年份茶，几十年平凡的日子，借时

来"茶窝窝"与"老朋友"们私会

间默默厮磨，奇妙地合成一种非凡，弥漫于口腔和胸腔。用它来滋养身体里的正气，是我惯用的做法。喝茶的过程是缓缓收心的途径，也是在平凡日子里找到属于自己有情趣的掠影。年少时不懂得什么是"不以物喜，不以己悲"，待头发白了才知道，这就是修行到老的过程，说白了就是竭尽所能之后的不强求。如同佛曰"拈花微笑"，归于自然的平淡。

## 2021 年 12 月 8 日

　　前些天一位老同学发给我一篇文章，说喝酒如何对身体有害无益。我这老同学平日里也爱整两口，所以有些矛盾地问我，"是喝呢，还是（不）喝呢?"我答曰，如果喝两口能让你开心，你就每天继续整两口，尽可能把控一下量就行。毕竟，人生追求快乐，在日常生活中获得快乐不易。说起"喝"的事儿，于我而言还是不能不说喝茶。喝茶是让人安静平和的事儿。这

喝茶让人安静平和

也是现代人最应有的普遍标准。因为疫情来了，进项少了，这让大多数人每天感到慌乱。最明智的选择就是安静一段时间，等待疫情结束，先"奢侈"地过一段不慌不忙的日子吧。

## 2021 年 12 月 20 日

常言道，"十年磨一剑"。我们十年铸一"瓜"。从研究"昔罕瓜"开始，迄今恰好十易春秋。每年制"瓜"工艺微调，已使它日臻完美。忙麓山、澜沧江的那些事儿，书写着它的故事与传说，也赋予了它的秉性与价值。此"瓜"出自匠人之手，仓促不得，常常见其瓜影，赏其汤色，品其雅味。珍赏眼前"出炉"的新"瓜"，留心每年缸藏的"老友"。它鼎立于茶仓中，支撑起丰富、自信的骨架。它是陪伴我余生的"口粮"，亦是值得珍藏传承的宝贝。

从昨晚到现在，一直下雨，忽急忽缓，空气中弥漫着淡淡的寒意。然而，手掂着"昔罕瓜"，心中却暖暖的。

十年铸一"瓜"

2022 年 1 月 16 日

　　每一款值得珍藏的茶，其必备的前提条件是原料、制作工艺、时间、工匠精神。所谓"工夫"，一指时间和精力，二指所费的人力。历经 4 个多月，匠人做的"昔归工夫红茶"可以入口了。喝茶的人品头论足，匠人只说过程：2021 年昔归工夫红茶，采自昔归忙麓山，专人负责精选生长强壮的古树茶菁，用传统的工夫滇红技艺精湛制作，并选用栎木和云南松柴做燃料，400℃左右的高温红锅手工炒制。毛料制成后，再根据茶性的温、热、寒、凉情况适度补阳，使茶热而不燥，润泽心脾。后期压砖成品过程

匠人做的"昔归工夫红茶"

中，选用紧压方式，使其在长期留存过程中不失香、不脱落，内外菌群平衡和谐。所以，既可在新茶时浅尝，也可在多年储存后品味。"是非成败转头空"，生命之水，始终如一的品质留给时间去评说吧。

2022 年 5 月 5 日

　　君子喜好昔归。这一喜好，转眼就是十几年。相信再过十几年我依然

会情有独钟。又喝上熟悉的"昔归味"了，细腻轻盈，汤质饱满，气韵深厚，何止于香甜。下面科普一下先人对昔归茶的认知：清末民初《缅宁县志》记载："种茶人户全县约六七千户，邦东乡则蛮鹿、锡规尤特著。蛮鹿茶色味之佳，超过其他产茶区"。蛮鹿，现称为忙麓；锡规，现称为昔归。《临沧风物志·名茶篇》记载：1982 年，中国农业科学院茶叶研究所联合云南省茶叶研究所，到邦东调查茶叶品种资源，证实临沧大叶茶原生地为临翔区邦东乡，茶叶品种均为云南大叶种群体。采摘邦东茶"一芽二叶"进行典型成分测定，含茶多酚 34.73％、氨基酸 3.29％、咖啡碱 4.61％、水浸出物 49.49％，极为优良。中国农业科学院茶叶研究所即将邦东大叶种列为国家优良品种。

昔归茶叶　　　　　　　　　　　醇厚香甜的昔归茶

**2022 年 12 月 1 日**

离开"茶窝窝"有一段日子了；但是，没耽误我喝茶，我走到哪里，"口粮"和茶具就带到哪里。一直坚信，有茶的日子就是好日子。无论是琴棋书画，还是柴米油盐，在茶面前是没有高低贵贱之分的。也不是每天都要把喝茶品到极致，有时也会边喝茶边在意窗里窗外的风景，或者有一搭没一搭地在意，或者与身边人有话则长无话则短地闲聊。如果每天喝茶都搞仪式或所谓"茶艺"，是不是有些扭捏和拘束呢？当然，刻意地试一款初识的茶，还是要做一些功课，需要聚精会神的纯粹。其实，无论老茶还是新茶，能品鉴一款茶有其简单的道理，那就是多喝"好喝"的茶，才能培养出好口感。如此这般，日复一日，年复一年……

有茶的日子就是好日子

**2023 年 6 月 5 日**

　　每当我泡茶往壶里注水时，都会凝思，注视着沉浮舒展的茶叶，近距离地让氤氲的茶气扑面而来，似乎我的灵魂都跑了出来，一起来感受这美好的时刻。水让茶在壶中自由自在，茶让喝茶人身心放松和愉悦。喝茶，对于国人肯定是一件好事儿，不然怎么会千年传承至今呢？两鬓斑白、年岁适中的人往往固定了自己的生活状态，不做选择——白天喝茶可以独饮，晚上会约三五好友一起微醺，但最终还是会偏爱地回到茶上来。千百年来，人们都是用美的词汇形容茶，什么茶如人生、女人如茶、禅茶一道……但在我心里，茶比较简单，无非每天健康的陪伴，偶尔还会有些小

喝茶令人心情愉悦和放松

脾气逗逗你。你越喜欢它，它就越发有不凡的表现，让你欣喜地接受。在
当下生存压力加大，常常处于内卷、焦虑的状态下，每天喝干净健康的茶
来排解心中的不快，然后让情绪稳定一点儿，也不失为一剂良方……

# 第三章 叶叶蜷倦藏生命

**2013 年 5 月 11 日**

好茶需要大众公认，要遵从茶的客观性

我们曾从茶本身（茶底、汤色）谈什么是好茶，也曾从人的口感（甜、酸、苦、甘、鲜等）说什么是好茶。但在现实生活中，一些人饮用品质不佳的茶时却喝得津津有味。这到底是为什么呢？因为"茶"的原因，经常会接触不同的人、不同的茶。有些人喝缺点很大的茶，居然没发现缺点，觉得"很好喝"。譬如，一些抽烟、喝酒、睡眠不足者，即使面对又苦又涩的茶都觉得好喝。同样的茶，我们喝一小口都受不了。又如，同一款茶，同一个人在不同时候喝，即使其他条件相同，也会有不同反应。

**2013 年 9 月 8 日**

喜欢上老茶，缘于一次不经意的邂逅。2015 年，我在厦门认识了台湾省茶人赖政雄老先生，有幸接触到老茶，并开始了从喜欢到痴迷再到收藏的漫长过程。其实，喝老茶不仅仅是视觉上、味觉上的感受，也不仅仅体

泡一壶老茶，独自静品

现在身体上诸多健康元素，更是对老茶所透出的厚重时间感的一种敬重，对它所体现的阴翳之美的一种愉悦的欣赏。换句话说，老茶是可赏可啜的古董。

## 2013 年 9 月 11 日

好茶不一定要老，老茶也未必好。

普洱是有生命的。在一般人看来，长在茶树上的叶片是生命体，一旦脱离母体，它就没有生命了。其实不然，脱离了母体的茶叶，只是改变了生命的存在形态。仓储的年份就是普洱茶后期陈化的过程，仓储是在普洱茶陈化过程中与普洱茶"对话交流"，赋予它们人文内涵的呵护，使普洱茶在新的生命阶段实现品质升华。

好茶不一定要老，老茶也未必好

有年份的七子饼茶，其价格都已不菲了。只是我们要很理性地理解老茶为何身价会如此高。除了因为它存量已少且逐渐更少，以及它有可考的出处和历史的身份证外，更重要的是其品质。其滋味甘醇、厚劲、温和、香雅，汤色透亮呈宝石色，其魅力令爱茶者着迷。普洱茶，除了真正有年份的老茶之外，必须具备好的品质。茶界常说，"好茶不一定要老，老茶也未必好"。但只有好茶才值得陈放，普洱茶具有独特的后期陈化优越性，在一定条件下陈化时间越长其品质越优越，但要想达到这种卓越的品质仅靠时间是不够的，还要求后期陈化过程中具有良好的仓储环境。普洱茶的自然后发酵是在与外界充分接触的环境下完成的，因此仓储环境十分重要。如果保管环境不当，非但不能提升普洱茶的品质，反而会大大降低其品质。所以，收藏"次生茶"一定要懂得品位，投资"新生茶"更不能马虎。好质地的茶才值得投资，才能在陈放后得到好的老茶。

后期陈化的茶品首先要藏得住，它需要眼光及见识，这样才能提升收藏的质和量。藏得住，也就是不会因为市场波动而动念头将茶品在不对的时机抛售。要知道，好茶品的价值只会涨不会跌，如果因一时的诱惑而卖出，之后就再也买不回来了。如果想再买回，其价格将会是之前的好几倍。其次，收藏的活力也相当重要。当收藏者不断审视自己的茶品成果，并具备一定的购藏能力时，就会选择出让不适合自己口味的茶品，以此提升自己收藏的价值。在你的收藏脉络逐渐清晰成熟时能轻松出手，就是考验收藏人眼力和眼光的时候了。

2013 年 9 月 14 日

变化是普洱茶的精髓，而味道则是喝茶人身体各器官接受及品位层面的选择。陈化中的普洱茶放在同一茶仓里，不同位置的茶味道不一样。即使在同一位置不同片的茶，味道也不一样；同一片茶同一位置，味道也不一样；现在冲泡和隔几日再冲泡的

谨慎地喝，理智地喝

茶，其味道也不一样。即使这些都一样，同样的茶不同人冲泡出来的味道也不一样；而前一冲泡和下一冲泡味道还是不一样。这就是无论喝过何种茶的人，只要喝上普洱茶，会欲罢不能再也放不下的原因所在，并且越喝追求的品位也越高。

**2013 年 9 月 21 日**

**【茶友的幸福"七宗最"】**

一、不用买茶竟然蹭到好茶喝。

二、不用泡茶，佳人素手奉茶来。

三、不用太多钱，买到对味的好茶。

四、不用刻意寻找，喝茶时交到知心好友。

五、不用预约，去茶馆喝茶时坐到了喜欢的位子。

六、不用天价好茶，品到茶之真味。

七、不用奢华的茶室，此心安处茶自香。

茶友相聚，即是幸福

**2013 年 10 月 9 日**

茶叶的嫩芽蕴含着古老文明和绿色生机，与茶农沧桑、朴实的手形成了鲜明对比。前些日子，我们有幸在云南朋友的帮助下，辗转去了老班章村，感慨实属不易。兹摘录一篇短文与朋友分享。

谈笑风生地品茶时，是否想过它是人类将时间和灵魂投入土地而萃取来的生命之水？

老班章在古树茶界的口碑如日中天。凡"玩"古树茶者，如不知道老班章，那都不好意思开口谈茶。

老班章，在市场上看到的基本上是"老班章牌"古树茶，类似大红袍岩茶一样，茶叶本身同那几棵古树其实没有关系。

老班章古树茶，既没有你在市场上看到的那么多，也没有传说中

茶品风格独特，质重气强

的那么少，其年产量估计在 15～20 吨之间。真品难见的最重要的原因是，每年 90% 的产出直接到了"发烧友"的仓库，能流通的量少得可怜。

喜欢老班章的朋友，在电话里交代最多的一句话就是，价钱不重要，东西"对"最重要。海拔约 1820 米，现有 124 户人家，从勐海到老班章山路崎岖，陡斜难行。

布朗山系，通俗地讲有苦茶和甜茶两类。老班章属于偏甜类茶，其赖以成名的霸气是韵，非入口傻苦；即便回甘，亦非老班章古树茶。

老班章古茶树，其树龄多在 300 年左右。由于所处位置偏僻，有幸保留下来众多古茶树。古茶园多分布在原生态密林中，土壤以落叶和沙壤混合型为主。地肥壤厚、得天独厚的自然生态，造就了老班章茶口感特殊，品种特征明显。

老班章茶入口回甘来得快，口腔里的扩张力强。在很多人的印象中老班章就是苦，这是误解。老班章茶水浓稠度高，层次极为明显，香、甜、苦、浓平均且丰富地表现开来。香气鲜活且带有高海拔鲜味，苦味特质是微苦迅速转甘，整体滋味表现于口腔后方，舌底不断生津后身体发汗。

**2013 年 11 月 10 日**

茶叶在存放过程中，年头年尾皆不同。每个阶段有每个阶段的迷人之处，内含物质丰富的茶能与时间相互转化成迷人的陈韵，微妙变化处，唯有品茗时的感觉会告诉你。茶由心选，心随茶引。

茶随心而定，心随茶而清

## 2013 年 12 月 12 日

从南方返秦，带回 73 青老生茶与朋友分享。近几年，因为饮茶而结缘的朋友不少，也喜欢淘一些好茶与朋友把盏品评。一叶草木，可以使天涯各处的人因它而相知、相惜、相信，功莫大焉。看着茶汤漾起的一层白雾，不语，却已知其韵如沐森风。

茶韵浓厚，情谊更浓

## 2014 年 2 月 15 日

品茶亦品人生，经岁月沉淀才有回甘的甜醇

【那年，那月，那日】品老藏。经过三十多年岁月的沉淀，茶原料鲜叶的痕迹若隐若现。细腻、厚重、木质的滋味，安抚着挑剔、娇纵、常常富有成见的味蕾。那年、那月、那日，放下了姿态，与茶同视角。

## 2014 年 3 月 13 日

【品藏茶】品 20 世纪 90 年代的老藏。低调、厚实、带有陈韵的茶汤，安抚着些许倦怠、些许挑剔的味蕾。舒意的就是舒意的。一道又一道舒意累积起

品茶时光，宁静心绪

来，一点点把心情滋润。

　　去茶山看它归来，该安心地泡它了。恰逢茶山好友送少许临沧千年古树单株毛茶。观此茶，条索长而蜿蜒，色泽墨绿。所不同的是，有一芽四叶、一芽五叶，嗅之，茶香馥烈。头泡，因系手工杀青且刚做出的毛茶，略有焦味。二泡、三泡，入口，绵柔，生津立现，滑顺至喉。四泡、五泡，入胃，千年古树的底气由内向外扩散，上下通，身体轻。再观汤色，黄绿明亮。不语，心里已美滋滋的，庆幸深识普洱才有此心、体之感。此文毕，仍觉口中生津不绝。茶思绵绵，足可以美上一个下午。

茶气沉稳而浑厚，滋味醇滑而甜润

　　烟花三月去云南，以自己的名字收那卡古树茶。第一次独品此茶时，汤色金黄明亮，香气扑鼻，入口后苦中带涩，瞬间化为甘甜，且韵味悠久。茶气直逼老班章，想必后期存放转化定会出乎意料。心中窃喜与它有此缘分。

独饮得神，两三人得趣

喜欢古树生普的原因之一，就是能感受到原始森林里茶的"本味"。这几天的酒场"征战"让自己心浮气躁，该静心品茶让身心休闲下来，静静地感受自己的起起伏伏。少了一些期许，没有了一些比较，多了一些真实，用平视角度去看着不平的世界，做着不完整的自己。

善于平视自己和世界，
接受自己的不完美

2014 年 5 月 28 日

【无限风光在险峰】历尽艰辛，终于完成了源自澜沧海拔 2203 米的原始森林，树龄 800 年以上纯野生古树茶"若仙幽兰"制作。冲瀹此茶，入口可感幽雅深山野蜜兰香阵阵袭来。茶未尽，心已醉，注定此茶堪称心爱之作。

清香雅韵，沉雄恒持，茶气内敛，深厚潜藏

## 2014 年 6 月 11 日

　　冰岛①，一直在我心中很热，但今年热到被融化。喜欢冰岛茶，缘于多年前一位云南茶友的推荐。苦尽甘来的醇厚，让我每年都收些古树纯料，或独品，或与朋友分享。今年 1.8 万～ 2 万元 / 公斤的冰岛茶价格热到烫手。然而，理智没有战胜味蕾的诱惑，我千辛万苦托人采摘了 5 公斤鲜叶制作了 1 公斤冰岛热茶。一样的醇厚，一样的甘甜，心里却有不一样的滋味。其实想一想，有些东西喜欢未必就一定要拥有。就当作一处美丽的风景，路过就好。

品其味，变化多端，唇齿留香

## 2014 年 6 月 13 日

　　【老普洱】记不得具体时间了，受一位德高望重的老茶人影响，对老

---

　　① 本书中的"冰岛"，是指云南省临沧市勐库镇冰岛村。这里所产的冰岛大叶种茶，是普洱茶的一种。

收藏老茶的同时也在收藏记忆

茶和冲瀹老茶的沉韵产生了莫大的兴趣。这有点像个拾荒的老人，摸着口袋，吸溜着鼻子，走着弯路去"捡拾"一些陈旧的茶叶，日积月累，就美其名曰"收藏"。

因此而多了一些经常来家里喝茶的朋友，多了一些聊天的话题，诸如是否继续、要存多久、能否升值，等等。寻思良久，真的没有回答的缘由，或许是一种念旧的个性使然，或许是源于对过往岁月的一种缅怀。如果能称得上"收藏"，也只能说收藏的是一种记忆吧。

2014 年 6 月 26 日

上午，院内、清风、清爽，有朋闲暇来品茶。对冲两款今年的古树冰

茶不醉人人自醉

岛茶和古树刮风寨茶。心里知道有些奢侈，但仍想品尝出两款茶的异同。

　　一样的醇厚，一样的茶气内敛，一样的苦尽甘来。刮风寨茶水路柔软，茶性中庸平衡，给人安适快意之感。冰岛茶，香气高昂，生津回甘立现，叶质肥厚，叶背隆起，叶脉明显。用眼睛看是一种美，用身心去感受更能品出内质。两道茶七泡、八泡后，有种酩酊，茶欲醉我。不需劝，该吃午饭解解茶了。

## 2014 年 8 月 10 日

　　邂逅一款老茶是一种缘分，但是能够真正读懂它需要有些修为。朋友为我淘到几饼勐海茶场改制前的中茶 "7532"，称纯干仓存放。我迫不及待地在庭院煮水温壶，专注瀹茶。汤色红亮透彻，汤感滑润厚重，过喉亦顺，略有荷香，少许陈味药感。轻按叶底，柔软有弹性，观之略有条索返青。几杯顺喉入胃，茶气阵阵由内而外冲击着身体。虽然适值北方立秋，但是后背已渐沁微汗。每一泡的过渡是中庸而内敛的。老普洱亦然，因为久远而中庸，因为成熟才变得更加内敛。

一杯老茶，采天地之灵气，得岁月之精华

## 2014 年 9 月 12 日

　　喝普洱茶复杂吗？要论寨子、山头，还要论生熟；要论古树、大树，还要论存放时间；要论汤感、水路，还要论生津、回甘。其实繁杂的不是茶，而是匆匆忙忙、欲望过多的心。我有一未曾谋面的茶友，对茶的理解颇深：从不谈茶的价格贵贱，从不谈茶的优劣，只是用身心细细品味，体会茶的内质、天性，体会茶在身体里的细微冲撞和变化，安静、安然、简单地品每一泡茶。这才是所谓"茶人"，这才是"有茶"的美妙日子。

安静泡茶，细细品茶

**2014 年 9 月 18 日**

【一茶人的早茶心语】生活的根基，是一颗自然的平常心。它如同涓涓清流从心底淌过，来自我们与世间周遭的人与事和睦妥当相处的道理。它是一种无法言说的愉悦，是不那么确定的事情。不剧烈，也不荣耀。它如花一期一会，活在当下。

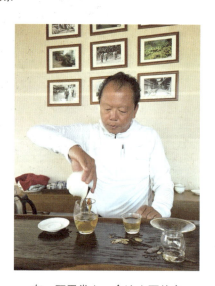

有一颗平常心，会让人更从容

## 2014 年 10 月 3 日

　　【友情·瀹茶】友情，就好像瀹茶，不一定要有百年普洱、明前龙井，但一定要有足够的善意。偶然间不经意想起，送上几句问候，也犹如一杯香茗，使满屋飘香。品茶是越喝越安静，不像喝酒那般，一杯入口，激情顿起，越喝越热闹。适量的茶碰到适合的水，茶水又碰到适合的

友情、茶，都因缘而相逢

人，这茶、这水、这人因缘而得以相逢，才使人生没有缺憾。

## 2014 年 10 月 10 日

　　【十月喝老藏】10 月的秦皇岛已见冷意。每到这个季节，手脚总是凉

喝老茶疏通经脉

的。前些年悟到一个解决办法——喝老茶，疏通经脉以收到温暖之效。久之，身边多了一些喜欢喝老藏的朋友。来去随心，在茶屋寻思片刻，拿出许久以前一前辈茶人送的1985年野生老藏。带着一种记忆和感恩，虔诚地煮水瀹茶。来客饮罢，连声说"滑！""滑！""太滑了！"老藏就是这样，经常会给予你一种超出视觉、味觉，摸不着、说不清的感觉。

## 2014年10月19日

【寒露分享】寒露时节，雨水渐少，天气干燥，昼热夜凉，燥邪当令。

寒露时节，正是适饮之际

养生汤水宜以润肺生津、健脾益胃为主。经过岁月转化的古树生茶，寒性渐去，正是适饮之际。近期经常和一些喜欢普洱茶的朋友一起喝茶聊天，感觉有些刚入此道的茶友非常注重烦琐的细节与枝末的所谓"茶艺"，更在意喝茶时的镜花水月。当然，如有此环境更好，会增进品茶的情趣。然而，品茶之道，更应着眼于茶之本味、真味。

## 2014年10月30日

回到在亚龙湾的家，还没收拾好家里的卫生就把去年的茶找出来，烧水浇茶。令人惊讶的是，去年的古树普洱散茶竟转化为如此颜色，如二十年老生茶，但口感上相去十万八千里。好可怕！喜欢老生茶的朋友警惕了，不要只在意外在的汤色，更多的要感

不要只在意外在，更要注重内质

觉老生茶内质的千变万化，遵循一个时间对生普洱茶的厌氧反应以及微生物菌群的融合。实践、环境、时间融合得好坏，是检验老生普洱茶的不二法门。

摘自一位茶友的喝茶有感，与大家分享。

　　世界上有太多与我们自己的性格不一样、想法不一样、交流方式不一样的人。与这些人打交道时有时会产生一些小误会，有时会被人家的言辞伤害到，有时会给自己带来一时的挫败感。这是不可避免的，人不应该期待别人按照自己最能够接受的方式说话与行动，也不应该

尽善尽美做自己

期待生活中不要有那么多挫折。要修炼的是，碰到挫折时能够以尽量平和的心态对待，别人无意中说到伤害你的话了，你也不要拿人家仅仅说过一次的话来反反复复地自己伤害自己。要正面直视问题。当下心无法平静时就给自己两三天平复时间。冷静下来后再回到问题上来把状况分析透，尽量从人家的各种反应中找出自身的问题来改进自己。冷静地把问题分析一遍，自身的心结也会化开不少，再以真诚的态度对待对方。我不能迎合所有人，能做到的也只有更好地做自己，在自

已做的事情上不断改进与尽善尽美。

## 2014 年 12 月 23 日

【初识六堡茶】认识普洱茶已有十几年了，尤其古树普洱茶在我心里一直是"一枝独秀"。近期受一位茶友的影响开始了解六堡茶。此茶产于

悄悄地喜欢并收藏六堡茶

广西梧州，茶山常年云雾缭绕。原生态的环境，百多年的老茶树，经炒青、揉捻、复揉、晾晒等古法工艺制作使六堡茶水浸出物较高，内含物质丰富，极有收藏价值。据说存放有年，茶上会有金花四溅。不想以后的事了，它醇厚、朴实的口感，山野的气味，已经值得让我悄悄地喜欢并收藏了。

## 2015 年 1 月 30 日

晚饭后，朋友提议各种去处，我则兴奋地邀请他们来我家喝一泡老茶，解一解微醺的酒意。大家一致同意，于是欣喜地驱车回家。来三亚亚

茶的魅力荡涤了一天的疲倦与浮躁

龙湾时带的老茶并不多（因为气候的原因，这里不是存茶的理想地），但我还是愿意与朋友一起分享。其实我这个人骨子里有惰性，但每当泡茶时决不敢有丝毫马虎，煎水温壶，1985年老生散普，二泡、三泡后，其存储特征，如轻微的环境味道或仓杂味消失后，色红澄澈，明显的胶质汤感，近30年的良好仓储仍有让人愉快的梅子香，喉韵甜久。让人对老茶的厚重和沉久有种说不出的尊重，值得珍惜和追忆。夜已深，朋友们仍恋恋不舍地不肯离去，是茶的魅力荡涤了一天的疲倦与浮躁。

2015 年 2 月 6 日

　　【问老树六堡茶】老树六堡茶是沉沉稳稳、朴朴实实的。它没有高昂的香气，也没有澄澈的汤色；然而我还是越来越喜欢它了，喜欢它的独特深沉，喜欢它硬朗健壮的底子，喜欢它与岁月蹉跎的转化，喜欢它没有精雕细琢的自然而然。有一个朋友曾经对我说，喝一款自己喜欢的老树茶，会改变自己的运势。我对此有同感。古老茶树大多生长在原始森林，与日月争辉，吸万物之精华。喝这样的茶能使身心相通，能让愉悦的心情转为

茶之本味，源自森林

与他人和事物合理地融洽，进而采取正确的处理问题的方式方法，好运也会随之如期而至了，也正合古人所云"天之苍苍，其正色耶"。

## 2015 年 3 月 9 日

农历正月十九，对于我来说是个特殊的日子。几天肠胃不适，将我折腾得有些疲倦，而我又不愿吃药。忽然想起一茶友曾经说过"滴茶水"，于是我翻出剩下的 20 世纪 80 年代的一点老生普过过瘾。一股暖流顺喉而下，没留下一丝遗憾。老茶有一年为茶、十年为药之说，那么 30 年无常岁月和无欲沉睡双重合力苏醒的老茶该是何等之力、何等之功效呢？

20 世纪 80 年代老茶汤

人们品老茶，常常带上品人生的遐想；然而老茶从容、淡定、厚重，曾经绚烂过、繁华过，却不留恋、不执着的内质，是人所可望而不可及的。想得有点多了，简单点，看着这茶汤的样子，在这特别的日子里心里已经乐开了花。

## 2015 年 3 月 11 日

《本草纲目》记载，普洱茶具有清热、消暑、消食、祛痰等作用。老茶解毒效果更佳已是不争的事实，我每次有小毛病时屡试不爽。这次胃肠紊乱，"滴"了两天老茶，自己都感到吃惊，今天早晨竟能轻松地去海边健走一小时而无疲惫感。对自己多年收藏普洱而生欣喜，也更对未来

对收藏普洱茶心存欣喜与憧憬

的每一次收获心存憧憬和眷恋。正如焦家良老先生笔下的普洱茶像"母亲般的情人"，久历红尘而又静美无限。

## 2015 年 5 月 2 日

摘自一位可爱茶友的读书笔记。

自古以来，茶道先哲们也探讨过茶的"气"。"茶气"一直是品茶不可缺少的一部分。当我们喝茶的时候，茶气流经我们的身体，成为自我意识的中心，成为茶道的中心。一些专家相信，"气"已经存在于我们体内，茶激发了体内之气的运行和流动。不管它是怎样发生

茶气使品茶变得奇妙而高雅

的，茶中确实存在真实的"气"感，人们可以把它想象为灵魂与茶在身体内的一种对话。不同的茶产生不同的"气"。气流常常改变方向，快速而有力地运动，或者环绕身体运动。"气"时而停留在表面，时而深入内部；时而无影无踪，时而难以捕捉。在很多时候，天然的有机茶会有一种"气"，在喝茶期间缓缓地增强：开始几泡全无感觉，但慢慢地，"气"开始在体内涌动，让人出现震动感、麻刺感，以及各种微妙的感觉。

## 2015 年 5 月 5 日

五一劳动节没有劳动，节后清静下来后倒腾一下"老朋友"，给它们换换新鲜空气。记不清多少年前喜欢上了老茶，也带着玩"茶"丧志的不安和忐忑边喝边存。这几年老茶不断涨价，不愿下手买了，看着自己有限的藏茶有时守着清苦舍不得喝，拘泥于"终身藏茶""藏茶生津（金）"的思维中。初衷是美好的，应抛开市场和价格的羁绊回到初衷。在不断藏茶、品茶中追求茶质的千变万化，从而给自己带来身心的愉悦。回到原点，不用价值去衡量，存茶转醇，藏茶生津。观念的不同，对存茶质的转

藏茶不考虑价值，只追求茶质

化也会大大不同。

## 2015 年 5 月 13 日

　　回秦皇岛十几天了，接风仍在进行时，其实就是相聚的理由。酒足饭饱后我提议来家里喝茶，以解微醺的酒意。来的朋友都不客气地嚷嚷喝老茶。都是"老茶虫"，你不认真不可以。我有些后悔地踱步选茶。"敬昌号"，存量有限，缓缓地取，慢慢地泡，叨咕着，喝一泡少一泡。有些许

朋友来了有好茶

不舍，更多的是对其厚重、沉久的尊重。每每这时，心里充满感恩和成就。夜已深，朋友们仍看着渐淡的茶汤不肯离去。是老茶的魅力让我们把记忆定格在这温暖的夜晚。

## 2015 年 6 月 28 日

　　暑天，有些闷热，踱步从茶架上取出 2014 年收的一款 2009 年古树料的六堡茶，祛祛湿、清清热、出出汗。很多人愿意把六堡茶煮着喝或闷着

用简单的方式，心无杂念地与茶交流

喝，更能体现出六堡茶的硬朗特质。然而我对茶的功效发挥从不愿循规蹈矩，可以用简单的方式、心无杂念地与茶交流，用打太极拳的速度瀹茶、出汤，一样能得到茶给予的回馈。

## 2015 年 7 月 11 日

【读书与分享】"成功的茶聚，能与自然和谐相处，彼此之间和谐相处。这种和谐相处最好来自安静。如果需要交谈，也应该亲切、自在且发自内心，没必要吹嘘自我，炫耀茶艺知识，这些完全是无足轻重的。我曾眼睁睁地看着一些上等茶被一帮'茶专家'们毁掉了。他们一边喝茶，一边争论一些愚蠢而无关紧要的细节，而不是专注于眼前绝妙的好茶、周围极好的茶伴。"

——摘自《喝茶是修行》

人们可通过喝茶来使身心
成长和平静

## 2015 年 7 月 26 日

暑期，每天都在东奔西跑。在忙什么呢？在忙着为自己，还是忙着成为其他？今天决定把自己的心和身体收回来，收起自己的忙碌，犒劳一

感受勐库千年古树散茶一年的变化

下自己。独自来到茶室，从收藏罐中取出 2014 年和贺老师去茶山淘到的勐库千年古树散茶。无限的专注，无限的回味，感受它一年的内质变化，"倾听"它的声音。这种对它变化的期望，正是藏茶的乐趣，日复一日、年复一年地和它共同成熟、一起"老去"。不知不觉间，与它度过了一个平静的上午，洗去心中的牵绊，回归了自己的分分秒秒。

## 2015 年 8 月 13 日

赖老又发"福利"了。早上散步回来，看到来自厦门的快递——老茶

藏茶生津，品其真味

到了。我对每次收到的老茶按如下原则处置：将一部分收藏，待后期进一步转化，伴随我的记忆一起快乐地"老去"，藏茶生"金"；将另一部分与朋友一起分享，藏茶生"津"。茶再老再好，也是用来品的，不是用于炫耀、示人的。不去与人分享，再好的茶也会失去本来的意义。打电话约三五好友，烫老壶、温老杯，小心翼翼地撬茶，悄悄地拨入壶中，扣好壶盖，用沸水慢慢淋壶至热气缭绕。然后开启壶盖等待片刻，让壶自身的"热情"挤出老茶的仓杂味。再沸水冲瀹，红艳如心中之花的老茶汤让每个人有了不同感受。我凝神静气，品其真味。时间让它褪去了青春，时光让它的妖娆流逝，取而代之的是珍贵、敬畏。问其岁月几何？个中滋味尽在脑中盘旋，欲说还休。

**2015 年 8 月 31 日**

喜欢六堡老茶的醇厚与朴实

连续几天晚上都有饭局，无法婉拒。早上起来感觉有些浮肿。想静下来捋一捋思绪，恰逢朋友寄来几筐农家六堡老茶。一直迫切地惦记着，就拿它静心试茶了。用"白乐烧"小盖碗，以至简之法瀹之，兴致使然。连续三款茶试过，已是大汗淋漓，两腋生风，心悸身轻，不得不停下来静静地感受它的内力。其实，一直以来对普洱茶情有独钟。2014 年在一位茶界朋友那里收藏了一定量的六堡茶，慢慢观察和体验后发现，其朴实的外表下有着醇厚的口感，独特深沉的个性，以及与岁月蹉跎的转化。这些内在的潜质已经让我悄悄地、逐渐地、自然而然地喜欢上这憨憨的"六堡"宝了。

## 2015 年 9 月 18 日

"秋夜三更尽，今宵尚在家。"不知不觉间，北方的秋已经很深了。一位不速之客来到家里，嚷着要喝茶。无须准备，我带朋友安静地来到茶室，心里已经有了要喝什么茶的主意了。秋天泡秋茶吧。我随手拈来 2014 年秋天一位民间制茶高人做的一款红茶（用谷花鲜叶）。红艳的汤色，硬朗的骨架外表下内含着绵绵深情，红糖似的甜腻让人一杯又一杯地不肯放手。喜欢享受这种随意的、安静的喝茶时光，既不用故作谦虚，也无须正襟危坐。慢慢喝茶，慢慢欣赏红艳的汤色，慢慢度过惬意的秋天时光。

品秋茶，赏秋日

## 2015 年 9 月 24 日

【试茶】取"白乐烧"煎茶具一套，撬整饼 1995 年班章贡茶少许，水烧至沸腾轻轻点入。一泡，有仓杂味道，微微涩，除此无他。二泡，仓杂味道减少，汤色红润，口感顺滑。三泡，仓杂味无，一丝木香，微显陈

取"白乐烧"煎茶具试班章贡茶

韵，汤面茶气旋绕。四泡，身体、鼻两侧有通感，后背微汗沁出。五泡、六泡，入口频率加快，茶汤由口腔、喉咙一线滑下。七泡、八泡，汗由头顺耳后滴下，心悸，停杯、发呆，不知所以然。

## 2015 年 10 月 18 日

从欧洲回来，即逢雾霾天气。难得今天有风吹散雾霾，天空干净了许多。还是去林中健走吧。仅隔半月，但已不见了往日绿的世界。不禁想起

气雾蒸腾的茶汤吹散了心中的阴霾

元代王实甫《长亭送别》中"碧云天，黄花地，西风紧，北雁南飞。晓来谁染霜林醉?"的凄凉词句。匆匆走了一会儿，还是回家与茶相伴吧。霜降时节的北方，暖气未供应之前，屋里屋外一样的阴凉。泡一壶广西苍梧的老六堡，祛寒湿、防秋燥。也正好借机试用这次从卢森堡淘来的水晶小杯子。气雾蒸腾的茶汤被倒入杯中，红艳妖娆。它略带南方的菌花香，又似东北的人参香。几泡过后，尽尝了这款老六堡饱满跌宕起伏的层次感，温暖、醇和、宽厚、谦让，更像一位历经沧桑磨难的老朋友似的。喝茶如斯，对老茶、老朋友都要恭敬珍惜。喝到这儿，想到这儿，几天的身心释然了。

## 2015 年 11 月 13 日

在昆明转机，还有几小时闲暇时间。老纳夫妇带我去昆明白邑黑龙潭寺，拜访道融师傅。道融师傅既是佛教名师，又是品茶高人。听朋友说我

每次相遇，皆是缘分

也喜欢普洱茶后，他拿出一款 1999 年王子山曼松茶，并用寺庙山上的山泉水瀹之。可遇而不可求，情愫所致，连呼"好茶！""好喝！"道融师傅的一句话点拨了我，"茶是大自然赐予我们人类的。每一款与我们相遇的茶，都是与我们有缘分的。不必过于执着评论好与坏。"我寻思良久，渐入佳境。味之无味，不正是喝茶人所提升的境界吗？相处时间虽短，但受益匪浅，获了佛缘，得了福报。想起昨天在临沧正因为下雨飞机停飞，才有了今天的收获。心中窃喜，正所谓有因才有果。

　　喝茶，简单吗？简单。随时随地，摁下电水壶开关，烧一壶矿泉水，烹一壶喜好的茶，不在乎新老，不计较生熟。复杂吗？复杂。古

简单的茶事，给人无限的幸福

人如是说："以茶散郁气，以茶驱睡气。以茶养生气，以茶除病气。以茶利礼仁，以茶表敬意。以茶尝滋味，以茶养身体。以茶可行道，以茶可雅志。"植物体，精神说。

## 2015 年 11 月 28 日

早上在海边散完步回到家里，习惯性地烧水寻茶。想起前天晚上朋友们来家喝茶，我又显摆地把贺老师送的一公斤"冰岛瓜"给瓜分了。还剩一些残枝碎叶，现在独自品享其味。对于喜欢茶的人，喝茶是个快乐的体

甘苦与共的滋味里，自有一份忘我的和谐

验。甘苦与共的滋味里，自有一份忘我的和谐。我一边不停地一杯接一杯品茗，一边写着自己的文字。不知不觉间，头、背、脚部都沁出微汗。分寸即美，不能没完没了，止渴了。日子还要持续过下去，茶还要继续喝下去。

## 2015 年 11 月 30 日

【一棵曼松】好茶，从感官上讲是指好喝的茶；从精神上说，是指能让人愉悦并产生回忆的茶。喝了十几年普洱茶，茶来茶去，人来人往，但每每谈到曼松古树茶，都有一种可遇而不可求之感。有历史记载，从明成

品尝曼松古树茶

化直至清康熙年间，曼松一直是御用"贡茶"。由于种种原因，曼松古茶树已经存世很少了。前段时间有幸在昆明道融师傅那里品尝了此茶。不同的香气，独特的甜润，绵厚的茶气，让人记忆犹新。就像小时候放学回家，第一件事就是拿着瓢舀起缸里的井水大口大口地往肚里灌的感觉一样幸福。其实想一想，幸福也许就是从简单到复杂、再从复杂到简单的过程，一笔带过的记忆自然也就好幸福了。

## 2015 年 12 月 4 日

　　每年来湾子里，都要算计着把这几个月的口粮茶背过来（因为湾子里不适合长期存茶）。按比例分配的老茶就稍显拮据，偶尔身体不适或疲惫时泡上一壶，既解馋又解乏还能调理肠胃。今天找个理由瀹上一壶 20 世纪 80 年代老散生普。缘由是在前段某个时间、某个地点淘到了几个"敬畏堂"的杯子。就以敬畏之心，用老杯子承载这款老茶吧。干梅子的香气不时地滑过喉咙，散发在体内。我一边享受着老茶带给身体的愉悦，一边挖空心思地琢磨着。现代人的日子真的不好理解，过着现代生活，却喝着

喝陈旧的老茶，回忆过往的岁月

陈旧的老茶，回忆着过往的岁月，似乎去掉了时空流转的界限。喝到此，写到这儿，我又想起一位朋友——一位土生土长的云南临沧朋友。他喜欢老茶老酒，在临沧绿树掩映的山坳里开了一家土菜馆，里面的装饰都是他费尽心思淘来的各种老物件，颇有感触，许是"旧"味相投吧。随着年龄的增长，经常会与老友聚会，会喋喋不休地讲老故事。随便翻开一页，都可以是一个娓娓道来的光阴故事。

## 2015 年 12 月 25 日

　　圣诞夜，慰劳一下自己，开一饼"7542"老茶。老茶，时间久，出身好，工艺佳，贮存净。沸水快出，油亮的汤色，醇厚的口感，细腻的情感，让我心恬神宁。"静坐将茶试，闲书把叶翻"，从容、优雅地度过了 2015 年圣诞之夜。

"静坐将茶试，闲书把叶翻"

## 2016 年 1 月 16 日

许久没有话茶里光阴的故事了，原因是让酒给替代了。每天迎八方来客，推杯换盏，图的是友情的记忆。上午散步回来，有意无意中看到了刚刚做好的"昔归往事"瓜，思绪集成了一点，用自己的手泡自己的茶，用自己的语言说自己的感觉，有什么比这更幸福的呢？"昔归往事"是茶——瓜茶，果实茶，往事记忆的茶，将来还会是爸爸的茶、爷爷的

亲手制作方可体会其中滋味

茶。个中滋味，不亲手制作，怎能知道它的厚重？不亲口尝尝，怎能知道它的严酽？

## 2016 年 2 月 15 日

上午在海边散步，海风有点没完没了。回到家，赶紧补上几杯热茶。恰巧昨天节日独自犒赏自己的老茶还留在壶里，等待今天挖掘它的潜质。用开水把剩茶润上一回，浇壶至热气升腾，然后一道道老茶汤从壶中辗转来到

茶汤入口，茶气入体，身心舒畅

口中。不减的茶气伴着陈韵在体内慢慢散开，化成热量，舒畅了内里，舒爽了身体，也陪伴我开始了一天的忙忙碌碌、神神道道。

## 2016年2月21日

明天是正月十五，人们以各种方式过的春节即将结束。路还要走下去，茶还要喝下去。雨后的上午时光，我照例在湾子海边挪着步，明显感觉没有往日的轻盈。酒多了，肉多了，聚会多了；茶少了，运动少了。这是可怕的"三多两少"的节奏。临时抱佛脚，我奔回家中烧水温壶，延续昔日每天和茶"一期一会"的风情时刻。在很多文字里咀嚼出茶中有闲情有哲思甚或有禅意，可是对

继续和茶的"一期一会"

于我来说，普洱茶更是我生命中不可或缺的东西，是独处光阴时的良伴，是"不知门外有风尘"的慰藉。今天是归位档，把日子重新挂到"柴米油盐酱醋茶"上，慢慢吞吞、稳稳当当、傻傻咧咧的。

## 2016年3月4日

上午从海边回来，泡一壶刚收到的"73青"。不知不觉间我来湾子4个多月了，带来的茶送朋友、与家人共享、自己独酌后，已所剩无几，不能像先前那样可以有选择地喝了。还是老朋友知我，寄来了一小盒撬散的"及时雨"，让我偶尔解解馋；因为毕竟好的老茶越来越珍稀。用赖老

75 岁生日的"金瓜"纪念壶泡这款老茶，更有滋有味。每泡老茶，总会想起这位长者，大半生致力于普洱茶研究，与茶相伴。虽然饱经沧桑，但他双目仍炯炯有神。思绪慢慢蹒跚着，茶细细品着，一杯接一杯地感受这款岁月累积出来的"老者"，一层一

喝老茶，忆老友

层地剥开其深邃的、自然中沉淀出的内力。

## 2016 年 4 月 4 日

　　十几年，每年一次、从未间断的相聚，是海峡两岸茶人交流的契机。老人、老茶、老感情，因茶结缘，生生不息，花一辈子去相处，做个默契的忘年交。小蓝票宋聘，不去探究它的年龄和价值，慢慢感受，细细品味，享受当下就已经足够了。

因茶结缘，默契相处

上茶山，下海南，走塔下，悠荡大半年，回到了大本营。急不可待地每天腻在茶室里，感觉得到"老朋友"们充满生命力的跳跃。它们似乎在诉说着半年多被冷落的委屈，但还是用自己厚重的茶香欢迎老朋友的归来。我深情款款地凝视着，细心地感受"老朋友"们的温度与变化。开窗通风，加湿给氧，不离不弃地在一起，优雅的生命与生命的叠加，

在茶室中与"老朋友"们无言相伴

精神与精神的相融，日复一日，没有语言相伴左右。对视着，把玩着，品味着，足够好。

上午一直待在茶室里，连续试了两泡"红梗"，口感上无涩无苦，自然未能生津回甘，是那种一入口柔柔绵绵、厚厚实实的感觉。没有波澜起伏的变化，平和、单一，让人舒缓到十泡以后也没出现期待中的不同。前些年总喜欢每一泡都会让口腔有不同感觉的茶，现在多偏重厚实持续的走势，也许与年龄有关，期许越来越少，更多的是简单如湖水中涟漪般的存在。

"红梗"这棵茶树生长在澜沧江边，独木成林，样子喜人。它的梗是

在品茶时间里调整自己

红色的，没人知道树龄是几百年抑或上千年，也没人能用科学理论依据解释为什么它有异于其他物种。长期奋战在茶山上的贺老师也惊讶于它的生长变化，于是把它的全部春叶做成"单株"毛茶12斤留存，取名"红梗"。让时间慢慢检验其质的转变魅力，这也是古树普洱茶独具的特色，因为我们坚信"没有深根的清高，迟早要枯萎的"。

独自琢磨着，细细品尝着，身心调整着，把自己慢慢挂到归位档。回来一星期有余，久违的亲朋老友自然少不了推杯换盏。每每面对满桌佳肴，无抵抗力地大快朵颐，不计后果，自然是让肠胃叫苦不迭，压力山大。用茶来调理肠胃，用茶时间来调整秩序，是多年来的生活习惯了，一如既往地支持着自己……

## 2016 年 5 月 16 日

上午继续泡着昨天没喝尽兴的 20 世纪 80 年代大叶青。每次喝完，第二天都好像有什么事没做完似的，不自觉地溜达下来。沸水冲泡，时间充裕一点，让水激活沉睡的茶。喝茶喝久了，喜欢的不仅仅是其味道，更多的是与茶的一种交流，体会茶带给身体的活力。老茶的陈韵总能让我思如泉涌，猜想它出生于云南哪片森林，它成长变化的环境，与它相识的记

喝茶，更多的是喜欢与茶的交流

忆。此时此刻，全神贯注于泡茶、感受茶，常常有似曾相识的新鲜，能平和杂乱的过往，静静地、简单地过着属于自己的分分秒秒。

## 2016 年 5 月 20 日

【试茶】喜欢独自在茶室里试一款老茶。关上门窗，听不到嘈杂声，

继续试 20 世纪 80 年代末大叶种青饼

只有水壶烧开的声音和茶汤在体内贯通的细腻声。

前两天，有点儿小缘由，开了一饼上了些年纪的老茶——20 世纪 80 年代末大叶种青饼。或独自品茗，或与众朋友分享，感觉有些不同。上午，心里无琐碎事，继续试这饼茶。取日本大正年间内染付小盖碗，用 2015 年在卢森

堡淘到的一组水晶茶杯（其实是喝咖啡用的），一杯接一杯地慢呷着，入口后暖暖厚厚，原本新茶的茶香和苦涩味已然随时间深藏在茶汤的果味、沉木味之中，滑滑的茶汤、厚厚的茶气，让口腔有温柔无骨之感，让身体有暖暖、轻轻之感。这是一款好的老茶共识的标准。每款老茶又有不同之处，取决于采摘原料的地域，拼配工艺的差异，后期仓储的气候条件以及每个人在不同时间口腔的敏感程度、身体状况等内外因素。

　　有些老茶不能单从味觉上去品评。我曾经泡一款年代久远的老茶招待朋友，朋友品后的一句话"没什么味呢"让我惊诧地寻思了很久。一句不经意的话，道出了老茶在味道上的真实。清代有位茶人曾表述过："啜之淡然，似乎无味。饮过之后，觉有一种太和之气，弥沦齿颊之间，此无味之味，乃至味也。"

　　老茶卓尔不群，还需花时间与它相伴。

**2016 年 6 月 12 日**

　　北京匡时国际拍卖有限公司第十年春季拍卖会上，老普洱茶价格异军

收藏老茶，需要时间去伪存真

突起。现场气氛热烈，竞争激烈。民国初年的一饼红标宋聘号圆茶，以260万元成交，风华再现，总成交额过亿元。

岁月让普洱茶成为传奇，拍卖现场惊现"四大天王"级的号字茶——宋聘、福元昌、同庆双狮、陈云，还有数量可观的印级老茶。作为喜欢和存储老茶有年的人，深知其价值和稀少，有幸品茗之人更是寥若晨星。

从拍卖会归来，在肃然起敬的同时又多了许多顾虑。从拍卖会现场可以看出，老茶是有市场需求的，这也增强了我收藏老茶的信心，更是对自己的一种肯定；但是良莠不齐，需要通过时间去伪存真、"寻味求真"。切不可认为凡老茶皆上品。我常说，好的老茶自己会"说话"。老茶，岁月悠悠；老味，深情款款。藏茶，期待风华再现时。

## 2016年6月17日

上午家里来客人，晓得我喜欢茶，带来了他家乡明前的太平猴魁让我尝尝鲜。又知我偏爱普洱，于是详细介绍了这茶是"谢裕大"的极品，云云。

太平猴魁在我心目中是绿茶中最有诗意、最具魅力的茶。取农夫山泉烧开，倒入细长玻璃杯中。待水温降到适当的温度，再把条形如枪的茶放入水中。稍息，嫩绿的新叶根根竖在杯中，丹青可

夏喝明前的太平猴魁

人。啜上一口，甘醇里清香素味，有雨后草原的感觉。难怪清代曾有评论：夏喝绿茶，冬品普洱。

每种茶都是美丽的，喝适合自己、健康、正道的茶就好。

## 2016年6月20日

早上从森林中散步回来，有些昏昏沉沉的感觉。我也不想找原因，钻

进茶室，随手找出两种老茶所剩的余碎，拼配放进小盖碗，一碗一杯，沸水入碗，瞬间红色茶汤入杯，稍凉入口。连续几个来回，额头微沁出汗，伴着身体轻盈飘逸，这就是今天上午茶与茶对话给自己的状态。

喝茶有很多种理由。对于我来说，有时候是理由，有时候是惯性，有时候是疗愈，偶尔也有更高一点的需求——寻真味，求修行。与朋友一起喝茶，我最不喜欢谈什么茶文化、茶道之类的话题，让人有沉重的包袱感。茶事，应该是简单的事，轻盈的事，

茶事，应该是简单、轻盈、令人舒坦的事

让人舒坦的事。因为茶融天、地、风、雨、露、日月星辰于一体，就是文化，就是道，不是人云亦云的。

藏老茶，做新茶，日积月累，也有了一些积攒。经常有些友人问我，这么多茶也喝不完，是为了增值？抑或是为了记忆？自己也没有个像样的回复。昨天是父亲节，看到台湾省著名茶人邓时海老师的语录："最伟大的父亲，不是把钱留给孩子花，是留些好茶给孩子喝。"我不敢称伟大，但至少是留好茶给孩子喝的好父亲。答案有了，心中释然了。

## 2016 年 6 月 24 日

天气渐渐热了起来。我习惯性地每天随心走进茶室，喜欢拉开门扑面而来的山野茶香。那是孕育了一个晚上给予老朋友的见面礼，回应的是深深地吸上几口，幸福地感受着它们的灵动与欢愉。

上午走上一泡 20 世纪 80 年代大叶青。沸水注入壶中，激活干茶飘出樟香沉韵的袅袅茶烟。边慢慢注水，边倾身嗅着那个时空在当下的滋味。

一饼茶，一段人生，一辈子回忆

"茶烟袅细长"，透露着岁月沉淀后的知遇。

藏茶，不仅仅是为了"越陈越香"，"越藏越有价值"，更多人追寻的是记忆中岁月的来来往往，感受茶在每个阶段微妙变化带来的妙不可言的乐趣。这个乐趣足以在平日里抵挡一些负面的七七八八，足以让日子在平衡状态中平静地度过。

## 2016 年 7 月 3 日

【刮风寨】在茶室里挪来挪去，很少这样纠结着。继续泡昨晚剩的老茶根？试一壶新茶？思绪回到了昨天在电话里与贺老师谈到的易武，想起前年春天托朋友在刮风寨收鲜叶做的几公斤散茶。至少存在罐子里，好久没去探望，有些冷落了。好吧，今天就"刮风"到寨里了。

烧水取茶，打开罐盖，掀去封布，香气浓郁地蹿了出来。我俯下身醉了似的猛吸上几口。干茶条索黑白分明，条条油润，灵动如美女蛇，正如易武傣语的名字"美女蛇居住的地方"。难怪在普洱茶的漫长岁月中，易武茶有着无法取代的地位。它浑厚细腻的内在，柔滑勾魂的茶汤，实则殊途同归。

试茶，不可有之前丝毫想象的味道，否则会被误导。茶汤间歇性地一杯一杯入口，轻盈黏稠，香气又转至沉稳，甜劲有增，喉韵感明显。几泡后，尾水有细微的胭脂香。有人把易

探望许久未见的易武茶

武茶比作皇后，也许与易武茶这种雍容含蓄、蜜韵柔情的贵气相吻合。

　　"刮风寨"——我喜欢的茶，刮出了记忆，刮来了幸福的一天。

## 2016 年 7 月 6 日

　　上午找理由、找借口，泡一壶比我小几岁的无纸红印。用老茶的气韵排出昨晚因贪杯而留在体内的酒气，借老茶几十年的微生物菌群来调理身

静看老茶氤氲变化

体的不平衡，这是我酒后惯用的做法。喝茶喝到通体酣畅，有一种重生的感觉，和老茶一起默默厮磨，想想岁月如何来过。

## 2016 年 7 月 28 日

　　早晨，林子里雾气笼罩，空气湿漉漉的。走了一会儿，分不清是汗水还是湿气一直在流。每年岛上这个季节，都会有一段时间桑拿天，亦舒服，亦难受。上午从罐里捏出一些不小不老的"中期茶"冲泡，除湿排异。这个年份的茶很难掌握其习性，年轻时的飒爽英姿渐渐远去，年老时

普洱茶越陈越香

的老成持重又显欠缺，所谓普洱茶"越陈越香"在这个时候是最关键的，是有无留存价值的转折点。每每试这一时期的茶，总担心会忽视哪个细节，常常把自己关在茶室里边泡茶边跟自己较劲。这与每天泡"口粮茶"的角度不同，相同的地方就是每次都以大汗淋漓、轻轻松松的状态结束，今天亦是。

## 2016年8月8日

上午茶，是20世纪80年代"七子饼"。30年日月星辰成就的品质，

时间让老茶有了生命

让同饮的朋友连呼"好茶！"

陈年普洱茶后期发酵是它随时间的成长过程，是岁月的沉淀，时光的痕迹，没有取巧的捷径。所以，品饮陈年普洱茶，也同样需要时间的淬炼。必须反复品饮和对试，才能对种类浩繁、良莠不齐、生产冗钜的"陈年"普洱茶品做出正确鉴别与品韵的判断。切不可人云亦云、以假乱真。

更为具体、简单的办法是，一款好的老茶，无论是干茶、汤色、口味、喉韵、体感、叶底，无一不以舒服的姿态再现给与它有缘的人。

时间的重量，时光的滋味，让老茶成为有生命的记忆……

### 2016 年 8 月 21 日

窝在家里一个上午，缘于一款茶的到来。我与贺老师酝酿已久的"越存越醇"的古树红茶，可以上口了。

越存越醇、越存越香的古树红茶

我怀着兴奋的心情，做着沏茶的准备，取供春、烧农夫、注沸水。徐徐的茶汤里，成熟的花蜜香飘然而至。汤色金黄、细腻，入口温润、绵滑，茶气舒缓身心、直抵筋脉。

制茶人跋山涉水用脚步丈量着勐库茶山，选用万缕云烟、雾海茫茫的小户寨古茶树鲜叶为原料，采用传统和科技创新的工艺制作方法，制作出这款既有红茶特征又兼有古树普洱茶"越存越香"的品质红茶。

我有信念伴随着它，借由时间的慢慢厮磨，借着微生物菌种的转变调理，以及我的精心呵护，它一定会成为爱茶人的珍惜藏品。

## 2016年9月4日

赋闲在家几日，与朋友喝了几场陈年普洱茶。大家对陈年普洱茶认识各异，各抒己见。我一边瀹茶、一边享受、一边当听众，也想事后唠叨一点陈茶的闲话。

茶外有茶，山外有山

陈年普洱茶有生熟之分，亦有真、伪、优、劣之别。陈者，老、旧的意思。如果用在古董上，陈色即旧色、老色，尚可理解。但陈茶是可以食用的"古董"，如果用于味道描述，则不能用旧味、老味来解读。因为老陈茶在岁月的沉淀中是有生命的，在微生物酶促的作用下，内含丰富的物质在转变，原本新茶张扬的香气被时光打磨变为淡淡的梅子香、清清的荷香、悠悠的樟香……而茶汤也会在久远的岁月中变成清亮的、醇厚的、葡萄酒的褐红色。

在品饮一款优质的老陈茶时，不仅有口味、喉韵、体感、茶气等感观上的体验，而且联想到大自然赋予的日月星辰、风花雪夜、古道驿站、马帮风尘……正是饮者把这种物质和精神融入品饮中，才能品出它的韵味和内涵。正应了那句：茶外有茶，味外有味，山外有山。

唠叨得多，不如品得多。"读万卷书，不如行万里路。"

　　秋高气爽的天气，也没能让我提起精神，昨晚红酒又喝美了，贪杯找不到北了。仍是惯用的做法：取少许老茶，烫日本染付白乐天小盖碗，一杯接一杯、慢慢顺下，直至耳后流汗背温暖。用老茶几十年的力度让体内

饮茶后，开始一天的忙碌

各器官回归正常运行轨道，补足气力，带着一份悠闲的心情开始了一天的东奔西跑。

　　【再试小户寨古树红茶】上午，阳光明媚。匆匆吃过早饭，净手漱口，将茶席移至室外小庭，烧农夫山泉，取供春红茶专用壶，目的就是心中仍放不下的这款"小红"，再试不知有无新的发现。

　　轻轻注入沸水，一泡、二泡，微涩有苦，骨架硬朗，有被弹回的反应，感觉平平。三泡、四泡，涩苦续减，硬朗微转绵醇，生津回甘明显。

五泡、六泡，柳暗花明，甘甜在口喉旋转，茶气从胸腔聚拢外延，手心发热。七泡、八泡，慢慢啜之，甘甜持久不去，柔滑细腻得让你不肯停歇。茶汤自始至终几乎无变化，澄澈亮丽，红润光泽中泛着淡淡的金黄色。

取供春红茶专用壶，再试小户寨古树红茶

几年前就与贺老师探讨，想做一款有收藏价值的红茶。从选料、工艺、制作、改变，无一不浸透着制茶人的良苦用心。如愿的喜悦，艰辛的过程。

订制十口大陶缸，给这款来自小户寨的古树红茶一个"安心转化"的家，取名小户寨红，昵称"小红"。我藏茶有自己的标准，瀹茶时，每次出汤都有不同的表现；存放时，每年都有不同的转化。边贮藏、边欣赏、边品味，这才是存茶的诱惑。

### 2016 年 10 月 8 日

跑上楼，在阁楼的存茶空间搬来挪去，找出一饼茶。不是茶有差异，而是自己内心的苛刻，经常会为选茶茫然纠结着。生活中的随性，对选茶的严苛，让我常常在想，自己是不是存在着双重性格。

我每次泡茶，都会为自己找出一些小理由。理由不同，可以作为自己选茶不同的依据。天气怎样，心情如何，独品抑或众人喝，都能让我迅速拈取合适的茶来泡。今天泡茶，缘于一个杯子。合适的茶是让杯子从欣赏到实用的开始。

只要坐在茶席上，从慢慢注沸水至壶中这一刻起，就身不由己地调整自己和茶、水、壶、杯的自然之态，引领我完成连贯的无招无式，直至盛满闪着光芒茶汤的仿古青花大口杯在半空中要与嘴唇吻合的刹那。透过微晃的、金黄色昔归茶汤，看到了阮定荣大师活灵活现的"小雅青花"，匹配、吻合。

合适的茶让杯子从欣赏到实用

茶，集天地之气于植物的生命；青花，聚陶瓷精粹于生活的结晶。两者皆归于生活、自然。所以，自在地摆弄，自如地泡茶，自信地传承。硬道理，真本色。

## 2016 年 12 月 20 日

上午在家专心泡茶。这几天，酒事比茶事多。昨天有兄弟从家乡来，

喝茶，令身心感到愉悦

我又兴奋地找借口把自己"弄"多了。犒劳一下辛苦的自己，新开一"昔罕瓜"，拿在手里摆弄着不舍得下手。这几年积攒了不少普洱茶，可每每开"瓜"（饼）时都显得那么"小气"，那么小心翼翼。一个人泡茶，从未有什么形式，更不会墨守陈规，仅用最简单的方式泡出茶的内质、本真，心无杂念地喝着，令身心感到愉悦。见好就收了，一天天的还有那么多事儿呢。

## 2017 年 1 月 8 日

昨晚贪杯了。有朋自远方来，我端起杯就难驾驭自己。早晨起来感觉不适。老司机老办法，泡一壶有模有样有筋有骨有气有质的"小红"。两个杯子变换着、交替着往嘴里送茶。两个有意义的事情也无言地决定了，心里亮堂堂的。

还想啰唆几句茶话。想起了唐人刘贞亮《饮茶十德》，"以茶散郁气，以茶驱睡气，以

泡一壶有模有样、有筋骨、有气质的"小红"

茶养生气，以茶除病气，以茶利礼仁，以茶表敬意。以茶尝滋味，以茶养身体，以茶可行道，以茶可雅志。"你信吗？但得茶中趣，说与饮者传，反正我信。

## 2017 年 2 月 8 日

　　上午，屋子里静静的，感觉有些空落落的。我独自泡一壶"昔罕瓜"。在湾子里放了一段时间，转化节奏加快，生新古①的冲劲柔软和安稳，有点像现在的日子平淡得舒服。窗外树上的鸟儿鸣个不停，正好和着泡茶的节拍。偶尔，脑细胞会短时间"开小差儿"，又被茶香拉回到现实中。拥有这片刻的闲适，当好好珍惜。

品热茶，听鸟鸣，享清福

小时候听老人讲享清福，按当下年龄理解可能就是自觉回归、身随心往、无所羁绊吧。也许，若干年后还会有不一样的领悟。

## 2017 年 2 月 12 日

　　早晨天不亮就被风吹醒。这几天，湾子里风一直吹个不停。懒得起床，没犯强迫症让自己出去走走。随便吃了自己弄的咸早饭，口渴得迫不及待要泡茶。为了解渴

无论哪种饮茶方式，喜欢就刚刚好

---

　　① 生新古，即新年份古树产的普洱生茶。

而泡茶，对于我来说还真的不多。带劲地牛饮了几杯，解了渴，去了馋，人也踏实了。茶到了五泡、六泡，正是出内容物阶段。开始慢呷细品，过程始于本能需求的饮，让茶沁出的内质不知不觉地带进了舒怀惬意的茶之真味中。茶是包容的，可囫囵吞枣似的一饮而尽，也可徐徐啜啜地讲究。无论哪一种，都无可厚非，都是生活中的一种形式，更是每个个体生命的某种需要，按自己喜好去做就刚刚好。

## 2017 年 2 月 21 日

　　早晨，乌云几乎布满天空，阳光吃力地从云际中透射出来，海面上微微泛起的波浪无力地推向岸边，各种绿植老实地发着呆，风向旗垂着头。大自然的静谧与尘世的喧嚣形成鲜明对照，不知道每个人喜欢哪一块。

　　一壶一杯一上午，每天惯性地坐在这里泡茶，重复着简单的动作。茶汤由口经喉入胃，大脑对身体各处的愉悦感作出反应。不会多想什么，没有花拳绣腿，不搞滑稽动作，也不必白服素纱。在意的是它从开始的张扬，中间的绚烂，之后的平淡过程，以及内质中沁出的味道。拆开来或许就是人们常说的"味"与"道"吧。

一壶一杯，平淡的愉悦

## 2017 年 3 月 5 日

【**且将老茶试新盏**】一个人在湾子里待久了，出去闲逛了几日。漫无目的出去，结果尽兴而归，在此过程中感受到了欣悦、舒展。这与现代人价值观中以是否达到目的来评判不同，过程中的喜悦才是我真实的需要。

老茶佳器，我之癖好

闲言少叙。急取 1990 年老生散"幺幺"几许，沸水冲泡，慢慢倒入盏中，氤氲的老茶汤映出了盏中乾坤，底部结晶体闪闪发亮，盏体内釉面呈现丝丝条条的结晶纹，如金丝兔毛般让人喜爱。氤氲散去，飘过老茶的陈韵，相得益彰。且问老茶，毫盏谁更争宠？喝了这盏茶再论吧。

"忽惊午盏兔毫斑，打作春瓮鹅儿酒。"苏轼曾赞此盏。金丝兔毫盏，龙窑柴烧，出自态忠贵老人之手。偶遇，占为己有。佳器无言，可我心。

人皆有一癖，我癖茶与器，嗜好之病。

## 2017 年 5 月 26 日

下海南，上澳门，游香港，做了半个月的"行者"。灯红酒绿地迷茫了一阵子，回到岛上，心情渐渐平静下来，又过上了属于自己的日子。上

有茶相伴，其乐无穷

午急迫地下楼，打开茶室门，一股久违的茶香扑面而来，感觉到它们欢呼雀跃地迎接主人的归来。信手拈来一款茶，不必在意什么山头、什么年份、怎样的茶道。自信地一边慢慢品着，一边无声地与它们用眼神交流。思绪回到当下，身心不着痕迹地随意放松。只有这些源于大山深处的家伙们才拥有魔法般的能力，让我彻底"懒惰"下来。就喜欢流水的日子里一边为它们着迷，一边有它们陪伴。其爱无尽，其乐无穷。

## 2017 年 5 月 31 日

【试茶】红茶，原料为云南临沧地区未经驯化的古茶树。干茶条索细小，均匀深褐色。无毫，芽少，遇水展开，叶片苗条。活性较好，嫩度较差。干茶香气浓郁而奔放，似一匹不羁的野马。

取供春老壶，放茶稍多于往常。烧农夫山泉至沸腾注入。边慢慢注水，边身体前倾，嗅茶遇沸水而上升的悠长氤氲，山野气息明显。头三泡，口腔的感觉属于平淡而无穿透力，顺口但无记忆点，未达到预想的那样。耐着性子继续往下"走"。渐渐的，口腔留甜提高，森林的气息若隐若

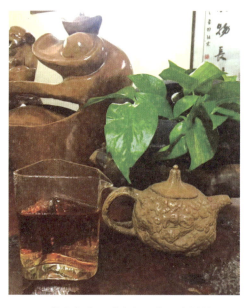

取供春老壶，试未经驯化的古树茶

现，后背开始有暖感，发细汗。弄得我有种"捉不住"的神秘感，吸引着我一口一口、欲罢不能地喝下去。

不去想许多，准备两口大缸，把这匹奔放的"野马"收纳进去。假以时日，岁月陪伴，时间沉淀，期待风华再现的日子。

## 2017 年 7 月 6 日

"雾锁千树茶，云开万壑葱。香飘十里外，味酽一杯中。"又喜得春风祥玉九字款压手杯，起个小名"春江水暖鹅先知"。自然搜一饼老茶开新杯，品老茶、赏新杯，以身体感受老茶的形、色、香、味，用念想去体会茶外之味带给自己的精神享受，身体舒爽了，心情旷达了，精神怡然了。

品老茶，赏新杯

## 2017 年 8 月 5 日

这夏日真是有点意思，闷热的天气，加上蝉鸣蛙噪凑热闹，再有点小闹心的事，若没点定力真不知该如何应对。山人自有妙计，大清早钻进茶

三杯两盏老茶，清凉惬意

室。三杯两盏老茶，汗上加汗，索性来个痛快。十几年一直有茶的陪伴，仔细想想，它真是个高品质的家伙，每天每次与它相亲相随，都有不同的表现方式，让你心旷神怡，自得其乐。一心一意想茶事吧。真的够神奇，几百上千年古树上发的芽叶能做成食品，存储几十年更有食用价值。一旦爱上它，魅力让你不离不弃。一边弄着，一边想着，正应了古人那话："择池纳凉，不若先除热恼。"于是乎，就做茶事吧。

### 2017 年 8 月 13 日

晚上有朋友来访，嚷着要喝老茶解酒。这也正合我意，的确需要用老茶的厚重去除身体里残留的乙醇，用老茶在体内凝聚的"气"涌动着身体微妙的感觉。茶一口一口地喝入，汗一丝一丝地流出，与老友一起享受着这生命的特别时刻。小憩片刻后，拿起手机，闪光灯下

老友老茶相伴，人生值得

的茶汤，呢喃着自己的美丽，茶汤表面的氤氲依恋着久久不肯离去。有老友老茶相伴的日子，哪怕片刻时光也是醉了。

## 2017 年 9 月 3 日

又是一个"小确幸"的日子，上午接到了来自远方、盼望已久的珍品，我之最爱。捧在手里，纠结着是拆呢还是不拆呢？心动不如行动，捧到楼下"茶窝窝"，小心翼翼地拆开笋壳外包，"冰岛"跳了出来。两层薄薄的手工纯棉纸包装，中间夹着介绍此茶的小内扉。从细节上可以看出制茶人的良苦用心。

喝茶，自然而简单的幸福

茶江湖，纷繁复杂，然此茶是有头有尾有底的知晓，更深知来之不易。叫霄儿[①]下来，一起细看茶饼，条索紧结肥壮，黑褐色中间杂着少许褐绿，不用凑近就能闻到浓浓的花香。烧农夫山泉至沸腾，待沸水表面平稳，慢注水、快出汤，公道杯中汤色清澈黄亮，惹人喜爱。急性子的我啜入口中，汤感平顺柔滑，香气浓郁而含蓄，且迅速蔓延至后鼻腔，喉咙有蜜甜。冰岛茶的特点几乎酣畅淋漓地表现出来。我和霄儿闷着头，各自用感

---

① 霄儿，本书著者之子。

官体验着茶中乾坤，有趣地一泡一泡、一口一口继续喝下去。

身体不知不觉沁出细汗，找不到用什么词来形容。"好喝！"我说。"是好喝。"霄儿说。喝茶就这么自然，幸福就这么简单。

问冰岛茶，谁主沉浮？管它呢，只着眼于当下这口茶，真的没有什么取长补短。

## 2017 年 9 月 15 日

挪这搬那，在存茶的空间里磨蹭时间。瞥见墙角处有两摞整齐的箱子，那是 2013 年在一个制六堡、懂六堡、喝六堡的茶友手里收购的一批社前老树六堡茶。古法手工制作的生茶，囤积了四年左右。想知道茶里能不能有金花"四溅"的可爱，着实想喝上几口。

北方气候干湿两相宜，囤茶也有优劣对比。几年的深情相伴，看汤色似乎变化不是很明显；然而口感内在醇厚，硬朗的骨架下还有未被驯服的野性。囤茶有时和你"捉迷藏"，有时很迷失，有时很惊喜，有时很糊涂。喝到理想的老茶，开心得不得了。可是你知否，它也是时间叠加的结果，就像月月年年相处的朋友。尽管在一起时会产生小矛盾，但还有"老铁"

与茶相伴的日子

般的感情。

喝茶就说茶。把茶喝透的益处就是远远近近、深深浅浅、里里外外都舒坦，然后无所顾忌地胡侃一通。

### 2017 年 12 月 28 日

喝了几天老茶，今天身体刚刚有点复原了，就想喝这一口过过瘾。好茶不是听出来的，而是喝出来的。经常喜欢喝这种浓烈的生普，不仅使口腔产生愉悦感，而且身体状态极佳。生普是太阳晒干的，与中草药的原理相通。至于有没有药效，就只能靠自己对普洱茶的理解程度了。

茶，终究是要品饮的。无论短期存放还是长期增值，只要存到最后茶依旧好喝，这本身就是赚到了，甭管它有什么变现价值。自己喜欢的东西，谁愿意用钱衡量呢？这是我关于藏茶的认识。

喝茶久了养成的毛病，总愿意闲着没事边喝茶边自言自语地啰啰唆唆，想写一些与茶有关的鸡毛蒜皮的事情。

没挑黄片的昔归古树散叶

其实不用费力地深究，也甭管年头长短，只要茶健康、有滋味，就是好茶。

### 2018 年 2 月 17 日

春节于我而言，没有了小时候的零花钱，没有了新衣服，也没有了感觉好吃的年夜饭。传统的生活意味着一年比一年少之又少了。心有不甘，

金黄的茶汤，妙不可言

独自开一小饼12年的"刮风寨"，也算是新年对自己的犒劳。特别钟情刮风寨那里的茶，喜欢那口"胭脂"香的味道，也好怀念那次烟尘滚滚地一路刮进了刮风寨的经历。眼睁睁看着六年来在我身边默默转化的茶，褪掉了稚气，但骨子里的东西依然没那么容易改变，依然代言着自己所属的那片茶地，那个还很落后的瑶族寨子。

默默地看着金黄、安静的茶汤，真是妙不可言，让我回忆起一个又一个发生在彩云之南大山深处的那些事儿。

## 2018 年 3 月 9 日

晨读一资深茶友关于喝茶的文章，甚有共鸣。兹转发于下，以飨读者诸君。

一泡陈年古树生普，从头喝到尾，那是畅怀。不要跟我说古树茶和台地茶区别不大，不用追捧前者，后者还常比前者测出来的内含物质丰富。喝来完全是不一样的感受，只论数据不顾真实感受，盲目腔调"理性主义""科学思考"真没意思。好比前者是山里跑大的

每一片叶子都来自大山深处

孩子，吃喝玩耍尽在林野间，看起来是精瘦点。而后者是城里高糖高油脂高蛋白精心喂养大的孩子，坐躺舒服甭提多吃苦，乍看肥硕满壮。你不能只凭一些数据就说城里出来的孩子就是营养好啊长得好啊，两者稍相处下来还是会发现精气神上有差别的。所以条件允许的情况下还是建议选些古树料子喝喝且收藏。现在稀有的东西以后还是会稀有甚至更稀有的，现在贵的以后还是会贵甚至更贵的。这是近些年来商品普洱价格起伏跌宕，高端普洱依然坚挺飞涨的活生生的见证啊。

## 2018 年 3 月 16 日

【试茶】昔归忙麓山黄片，2017 年春、夏、秋、冬混选压制。水烧至鼎沸，延迟引汤，一泡、二泡、三泡滋味无特殊记忆，略有粗老纤维感。耐心续泡，熟悉的忙麓山茶香气由弱转浓，汤色金黄亮丽，甜感由口腔至喉咙向全身各处蔓延，呈现出属于自己的独特滋味，令品茶人有活跃的兴奋点。我喜欢这个被人挑选出来的"粗老树叶"。

黄片，我为其起名黄翡。它确实是做茶时被挑出的粗老叶子，但有翡的价值，古时称"金玉天"，听起来更霸气。阮福在《普洱茶记》中有记载为证："将揉时，预择其内而不卷者，名金玉天"。

我每年都把"金玉天"请回家，深藏之。

试昔归忙麓山"金玉天"

　　走在通往哎冷山茶魂台的石板路上，脚下厚厚的落叶发出"咯吱""咯吱"的声音。斜风吹过，带来古茶树上嫩芽的阵阵清香。抬眼瞭望，到处是形状各异的古茶树。我边走边呼吸着这里的空气，有一种纯粹的清新，更产生一种纯粹的简单想法，做一个在这里过日子的茶农，"涤尽内心万滤，留下明净的性灵"。日出踏着薄雾上山采茶，日落可以泡上一杯带着太阳味道、刚晒出来的毛茶，惬意地心生熙暖。

古树茶，森林味

　　这里，不能不提古树茶。从字面理解，它是用从这些古茶树上采摘的叶子做成的茶。它们丛生在云南大山深处，看似无规则地生长，其实是老祖宗很科学的一种套种模式，绝对不用手工施肥、浇水、打药，有其自然的生长奥秘，得以在高山峻峰之间存活几百上千年。它们毗邻在百花果树中，与星辰日月相伴，吸其精华形成天然独特的茶香，有"一山一味""一树一格"的美誉。

有朋友问道，不浇水可以有云雾雨水的滋润，但营养、虫害怎么解决？正是这种古老的栽培形式，古茶树下有一层厚厚的各种植物的枯叶，时间久了化成肥沃的土壤，年复一年、日复一日地养育着茶树。据云南省茶叶科学研究所研究人员多年研究的结题报告，云南古茶树病虫害有326种，但它的天敌有406种，形成了天敌相互防治机制。也就是说，古人的这种套种栽培模式，无须施肥打农药，也有利于茶树更好地生长和防治病虫害。

古树茶，来自云南纯天然的植物精华，是老祖宗留下的宝贵饮品。至于口感如何，要看各人的喜好；但有一点至关重要，纯粹而健康。

## 2018 年 4 月 13 日

我这个年龄，总感觉光阴流逝得特别快。再一次来到"塔下"已经相隔三年。一个地方能让你去了还想去，自然有你喜欢的东西和光泽存在。是的，在这个群山环抱的古村落里，熟悉的石桥溪流、古巷土楼、古祠古木，以及每天伴着你入眠的哗哗的山涧流水声，都会让你安谧而超脱地停下来。小住几日，和这里的客家人一样，闲时泡泡茶，忙时爬爬山。还可以静静地躺在土楼老宅的床上，穿越到那久远的时光里，去抚摸一下岁月的痕迹，慢慢感受山河云雾、日月星辰滋养下的这个古村落呈现出的那种斑驳、颓败的俊美。

塔下，其实并无塔，有文字记载其名字的来历。明宣德元年（1426）的某一天，住在马头背山上的华太婆指着山下的荒地对儿子张光昭说："踏下！——踏下山去，开荒拓地、建屋造田。"一个村庄从此诞生了。张氏子孙为了纪念华太婆开荒拓地的功德，以"踏下"为村庄命名。因客家话里"踏"与"塔"同音，遂写成"塔下"，并延续至今。

将近600年过去了，塔下的山谷里似乎还回荡着这位不平凡母亲的声音，脑海里想象着这个开创者指点江山的坚韧和气势。

栉风沐雨，薪火相传。几百年里，塔下呈 S 形分布建造了 42 座土楼，有圆形、方形、围裙形、曲尺形等，姿态各异。有些经岁月侵蚀，略带沧桑、残败。然而，岁月从未老去。正是这种愈久愈有的韵味，才让现代人去触碰过往，感受当下自己的存在价值。

踏下、塔下，当下……

三年前的心态是否与现在一样？

塔下，是个群山环抱的古村落。每座山都有一条通往山顶的小路，没有记载是什么年代、什么人修的。这些小路或陡峭或延缓，有石头铺垫的，有行人踩出来的。爬山成了我每天早上必做的运动，择山而爬。

今晨，细雨时有时无，空气清爽宜人，具备爬山的条件。我在村里走了两圈，稍稍活动了筋骨，就带着一把伞、一个苹果（一个咬了一口的苹果），逆着小溪流下的方向，踩着石阶，独自一人向山顶慢慢爬去。

小弦曾告诉我，这座山的顶峰有个小平台，可以俯瞰整个塔下村。这对于我这个喜欢摄影的人来说无疑是个诱惑。之前我曾试着爬过两次，都因出现点小状况半途而废了。越老越不服输，这次我信心满满，不到顶峰不罢休。

心到，神到，自然登顶

我一边一步一个台阶地向上攀着，一边心里琢磨着，老天给了我多大的福报啊，让我有幸把自己融于这千里之外的大山中，仰观劲松之遍野，俯察草木之荣枯，尝山泉溪流之水，吸阴阳平衡之空气。这样想着，心里顿觉自由了，身体自然放松了，心境也闲适了。就这样，精神焕发，没觉得特别累就爬到了顶峰。

我大口地吸着新鲜空气，掏出被咬了一口的苹果，拍下了"塔下"的百年风貌，心中释然了。我两腿发软，颤栗地望着山下，心想：还有好长的下山路要走……

### 2018 年 4 月 24 日

云南的贺老师寄来了刚做好的昔归忙麓山古树散茶，精致小袋包装。我扒开袋口嗅了许久，深深地呼了一口气，花蜜香在我周围萦绕着。

每次瀹泡这种茶，心里都产生一种崇敬感：屏心静气，慢慢注水，缓缓引汤，脉脉入口。那熟悉的、黏稠有胶质的茶汤，散发着悠悠沁脾的山野花香，在口腔中细腻变化，深沉平稳，不事张扬。忙麓山藤条茶，甜韵入喉入脾入肝入肺入心，藏在记忆深处。

清闲一日，手执一杯古茶，品出四季韵味，尝出人生精彩

听忙麓山茶农讲，这种藤条古茶树，其藤条有多长，其根系扎在地下就有多深，汲取地下更深处的营养。从茶树上摘下的鲜叶，嫩绿油亮，招人喜爱。用这种鲜叶做出的茶，让人无以言表。

我默默地、静静地享受着这泡茶，忽略了流逝的时光，忘记了蹉跎的岁月。眼前真实的这泡茶，让我感觉惬意、感到满足。

### 2018 年 4 月 29 日

一有片刻之闲，就想溜进"茶窝窝"。打开 3 公斤的纸箱，掀起两层食用塑料内衬，抓起一把褐绿色、细细的忙麓山毛茶，支棱地塞进壶里……，不由自主地安静下来。这一通连贯、流畅的操作，就为了接下来喜欢的这一口。

不止日复一日，更是十年如一日

每个人都有自己生活中的美好。我也一样，生活中有许多美好；但是持续在我每一天中的美好就是喝茶、喝茶的过程及身体的感受。如同其他人每天喝口小酒，或健健身、走走路，或找两三个人打几圈小牌，或窝在沙发里玩一玩手机游戏，等等。想一想，其实挺简单的，每个人喜欢做的事儿能够不费劲地做了，就是自己每天中的美好。老百姓的日子，就是这么过的。

于我而言，这一口茶简单而又尖刻。简单的是，已经成为每天的习惯了。尖刻的是，喝出了自己的标准——古树茶。为什么终极目标选定古树茶？一是安全，采自现代人类需求的大山深处，"零农药残留"；二是健康，内含物质丰富，茶汤中能被体内吸收的水浸出物远超过其他茶类；三是适合品饮，无论是当年的新茶还是存有年头的陈茶都适合品饮，越是年久的古树茶口感越是平和清透，刺激性越微；四是生命力旺盛，这些古茶树在大自然中能够抵御各种自然灾害、虫鸟侵袭，存活几百甚至上千年，本身就具备"长寿"基因。从这种树上采摘的鲜叶做成的茶，人喝了能否也具有这样的效果我不敢妄下结论，但一定会有灵魂和旺盛生命力的。

不好好喝茶，啰啰唆唆写了这么多。还是继续专心喝我这一口吧。

## 2018 年 5 月 9 日

头春茶刚过，每天上午一泡生普，新鲜的古树毛茶。一边喝着，一边沉思着普洱茶多舛的运势。

其实，普洱茶很"简单"，只分能喝的和不能喝的。能喝的普洱茶分为好喝的和不好喝的。好喝的普洱茶，按工艺分为熟的和生的。熟生普洱茶按年份又分为新熟生和老熟生。绕口令儿似的，还没完。按普洱茶进化程度，分为野生型、过渡型、栽培

茶之清香，如心灵的治愈剂

型；按种植方式，分为乔木茶和台地茶；按树龄大小，分为小树茶、大树茶、古树茶；按村寨，分为老班章普洱茶、冰岛普洱茶、昔归普洱茶、刮风寨普洱茶等；按名山，分为布朗山普洱茶、景迈山普洱茶、南糯山普洱茶、大雪山普洱茶等；按产区，分为西双版纳普洱茶、临沧普洱茶、保山普洱茶等；按仓储，分为湿仓普洱茶、干仓普洱茶、香港仓普洱茶、台湾仓普洱茶；等等。写着都有些晕了，别说去研究了。每个环节弄精通都可以在普洱江湖上说说道道了，何况还有纵多伪茶文化、伪茶艺。甭浪费那么多脑细胞了，闷头喝自己的茶吧。我心中有杆秤，好喝、纯自然的茶就是好茶。

## 2018 年 5 月 11 日

每次头天贪杯，第二天都不够理智，一如既往地钻进"茶窝窝"，撬开一坨 2014 年的茶"疙瘩"，对自己喝茶从来下手都"狠"。仓储了五年

劲道十足，有苦有涩有香有甜

的"昔归瓜"发挥稳定，就像囤了多年的老酒，劲道十足，有苦有涩有香有甜，一杯接一杯地冲击着还有些晕的胃黏膜。这时候不是在品茶，而是让茶汤在身体脉络中蔓延，产生微微震动，赶走体内放纵的酒的自由基。心里全方位打开，想什么就起什么作用，一贯地依赖，一贯地好使。

## 2018 年 5 月 22 日

室外阴雨连绵，屋内热茶氤氲。朝朝暮暮地每天弄来弄去，也不嫌烦。

室外阴雨连绵，屋内热茶氤氲

新开的茶是 2009 年木氏家族做的私藏昔归古树饼茶，用"十年河东，十年河西"来形容饼茶的转化最恰当不过了，堪称我的"心头肉"。可品味，可追忆，可调节此刻心情。

一泡茶，两人分享，有内容的茶才能让人说说道道。友人说："这茶从产地、树龄、工艺、仓储构架成现在的质量。"我没有反驳，但是心里想：无论什么茶，质量是基础，是定义大众基础需求的；而古树茶尤其名山古树茶，追求的是更极致的品质标准，只有质，没有量。

三杯通大道，一壶和"自然"。这泡茶，可遇不可求。

## 2018 年 6 月 21 日

昨天一个喜欢普洱茶的朋友邀我去品一款老茶。看到朋友认真泡茶的样子，我勉强喝了一小口乌黑的茶汤，出于礼貌地吞咽了下去，弱弱地说了一句"这茶不好喝"。其实我想说"这茶不能喝"。

每次品老茶，都有一种肃然起敬的感觉

接触老茶十几年了，经常会遇到类似尴尬的情况。所谓品评一款老茶，仅仅用好喝不好喝来确定有些泛泛了。酸甜苦辣咸，各人有各人的感觉，各人有各人对老茶的理解。我总在想：用一个最接地气的词来形容老茶，应该是"舒服"，即色、香、味、形给予品茶人的感觉都是舒服的才对头。打开一饼老茶，首先饼面应该是有油性的、成熟的、自然而中庸的，无霉点，无其他异味，看得出来是受到良好仓储后熟的过程，没有受过苦难的"佳人"。再看倒出的柔稠茶汤，随着时间的推移，茶里的茶黄素、茶红素、茶褐素发生量的变化，交融在一起，使茶汤靓丽、通透而红润，给予品茶人眼观上的舒服，这也是"老茶"独有的标志。看到这么诱人的"汁儿"，急性子的品茶人啜入口中，带有弱弱的木香（茶本为树上产物，还原为树木的香气），稠密而顺滑地从喉部直透心肺，茶汤转化为茶气，使每个品茶人通体酣畅，又一种舒服的体验。再看泡了十几道后的叶底，依然叶脉清晰，似蜻蜓蝉翼般的美丽。种种美妙的过程，不舒服透才怪呢。

每一次品老茶，弥漫于口腔、胸腔中的舒服过后，都让我产生一种肃然起敬的感觉，因为它与岁月同时来过……

### 2018 年 8 月 5 日

连续的"桑拿天"，让人洒落一地的汗珠子。越是这样的天气，越要喝茶气足的茶来"以毒攻毒"。

上午习惯性地溜进凉爽的"茶窝窝"，惦记着那泡"七子红带青饼"。温老壶，净建盏，太极般地品味着这款老茶。老韵中带着强劲，中庸里带着活泼，厚重中存着滑顺。唯有的一点点小瑕疵——回甘中丝丝微苦，更增添了这

"桑拿天"喝茶，"以毒攻毒"

款老茶的神秘和魅力。若问这款茶的年纪，好像年长一些的女人不喜欢让人问年龄一样，只有懂它的有缘人才知道岁月如何来过。

啰唆了半天，老茶骨子里的独特韵味一直存在于身体内，令我念念不忘。

### 2019 年 1 月 5 日

每次做好一款茶，都会连续几天在不同天气、不同地方、不同时候与

它交流；因为我们都认为，一款好茶是有生命的。边泡茶边琢磨，边与贺老师聊这款"昔罕瓜"。对于茶的制作者来说，当然付出的时间多、精力多，能感受到更多的精彩。这几年，每年都要和贺老师做三五百个"昔罕瓜"，每年在工艺上根据鲜叶生长情况和仓储地区不同而有细微的调整。2019年把成品"瓜"的含水量提高到5%；因为我们都在北方储存，气候略干燥（当然不能解决长期仓储干燥的问题）。贺老师说："要很好地让香入汤，让甜入胸，一开始的含水量要求很低。"然而，从云南的大山深处运至北方，的确气温、干湿度都有明显的改变，对茶也会有各方面不同程度上的改变。这也是做茶让你着迷的地方。

一款好茶必须是有生命的

用一句话形容2018年的"昔罕瓜"，如古人形容孔子"温而厉"，气息温润，茶气凌厉。

**2019年3月6日**

《勐腊县志》记录了古代六大茶山的种茶历史。清康熙年间，茶区农

早读普洱茶史书，有历史才有今天

民就采制树林茶，即大叶种茶。雍正年间（1723—1735），石屏、四川、楚雄等地汉族人迁来本地茶区后，带动当地少数民族开始改造树林茶。乾隆、嘉庆年间（1736—1820），开山种茶，大建茶园，实行育苗移植种茶，品种均为大叶种茶。据《镇越县新志稿》载，栽培，茶农于立春后，茶秧出土长成四五寸高之时，即可移植；株间相距约四尺，茶秧四周遍插竹签以护，夏秋除草施肥，三年后即可采摘。

## 2019 年 3 月 18 日

晨读一段文字，甚喜欢，兹分享给大家。

何以清心，唯有茶汤。茶大概是中国人最平常不过的饮料了。它出入于贤达乡野之家，其高贵者，是文人"茶酒香花诗书画"的风雅；其平凡者，是世人"柴米油盐酱醋茶"的日常。而无论是精神之需，还是口腹之欲，它陪伴了中国人千百年的时光，从茶圣陆羽赞扬茶为"南方嘉木"那一刻起，它便平凡而隽永。古往今来，它滋润过多少文人墨客的心田，其如北宋之苏轼、晚明之朱权。一间茶室，便让心有

在茶香中沉淀，舒展心灵

所安，三五知己，清言闭门，不知窗外春已深。

## 2019 年 4 月 9 日

【古树茶】做古树茶，其实不容易。要去大山深处爬山，等时间，看树发芽，精选鲜叶。至于制作过程，也不简单。2019 年又增加了一个"小插曲"，被茶山上的"花苍蝇"咬了一口，也是一辈子难忘的经历。没有几年"泡"在一个地方去琢磨，也很难做出真东西。这也许就是人们说的"资源"吧。相反，买"古树茶"最容易，听"故事"买"文字"，然后欢喜地抱回家等着"变化"就好了。

这几年，每至这个季节我都跑到云南大山里，弄得灰头土脸的，"堂而皇之"地说去做古树茶。没办法，谁让我就喜好"这一口"呢，而且执着到必须自己亲自来做。在茶山上茶余饭后总想这个问题，老祖宗真是眷顾云南各族人民，把这么好的资源留在了云南各地，让生活在这里的人赖以生存，让有缘的人能喝到这几百上千年树上摘下的叶子泡出的茶汤。有时也胡思乱想，喝几百年树上摘下的叶子做成的茶，是不是也可以像古茶树这样长寿呢？

　　这几年下来，身边也有很多朋友就喜欢古树茶"这一口"。那我就再往深里卖弄几句。喝古树茶与喝小树茶在口感上很难区别，没有真正喝几年古树茶的一些经历是很难弄清楚的，喝多了就会在心里储存记忆。小树茶只局限于口感，而古树茶会从口感经喉韵蔓延全身至细胞末端。比如，大部分人喝古树茶会排汗，有的在手掌心，有的在后背，有的顺脖颈下流……也有人把这种现象归为"茶气"。其实不然，气归气，流汗应归为古树茶有"通枝节散热效果"。这也是我每次贪杯后第二天醒酒的不二方法，一身汗，喝透它。

喜欢纯粹的茶，喜欢自然，喜欢人们的笑颜

　　我一跛一跛地下了景迈山，换了一套衣服，在干净的马路上独自走着，似乎有些不习惯了，少了风尘仆仆地窜完寨子一腿泥土的乐趣。我喜欢那里，实实在在地喜欢。除了喜欢纯粹的茶，还有纯粹的自然、纯粹的笑颜、纯粹的人儿。我希望自己的生活也可以活成他们那样简单。

　　想一想，能与这片茶山有缘相遇，确也是人间乐事。

## 2019 年 5 月 7 日

　　每次去茶山，都会遇到一些把茶山当成自己家的人，从他们身上会看到各种茶的影子。云南的茶山有上百座，古树茶的种类更是多得数不过

流连忘返于这泡苦茶其间

来。中国及世界各地的各路茶"神仙"来到云南后，都会感觉到自己的孤陋寡闻。中国茶传承上千年来，在各个朝代都会或多或少地有所改变；但仍能保持至今的状态，可能就是靠这些几百上千年的古茶树仍然屹立在云南的大山深处，让人们去不够、看不烦、喝不厌。

我想着事儿，手里不闲着，泡一壶 2017 年老曼峨古树茶。它是我这次上茶山时认识的胡兄弟赠送的。苦，一心一意的苦，记忆深刻的苦，我一时"徜徉"和流连忘返于这泡苦茶其间。如同每个人的成长经历，苦的日子总是在记忆深处磨灭不掉。我懂得胡兄弟的良"苦"用心了。

千百年的古茶树是稀有的，在云南大山最深处。好的东西是要传承的，一代、两代、三代……，说不清，但是答案就在这里。

### 2019 年 6 月 7 日

【四两"冰岛"】冰岛，我喜欢这个名字，更喜欢这个寨子的茶；然而，在普洱茶江湖里这是一个令人咋舌的传说。可遇而不可求，无数茶客、茶商捧着真金白银也不一定能买到货真价实的冰岛古树普洱茶。2019年冰岛的古茶树鲜叶每斤涨至七八千元，可想而知做出一斤毛茶的价格了。贺老师知道我"嗜茶如命"，每年都跑上勐库西半山上，忍痛收上几家鲜叶炒上两锅，才有了今天这四两冰岛古树茶。

轻轻抓出少许毛茶。在放大镜下，只见条索清晰，芽尖肥厚多毫，叶片壮实卵形。茶汤亮色金黄，入口后微涩而少苦，但涩不凝滞、苦不淹留，甜感路线清楚，余韵绵长，饱满中透出阴柔之美。这一泡茶，足以在记忆中长存。

冰岛很小，冰岛又很大；四两很少，四两又很多。

可遇而不可求的冰岛古树普洱茶

## 2019 年 6 月 29 日

这些天有些累。回过头来看，也没干什么正经事，不过还是找理由犒劳一下自己。找出一饼 2012 年初次和欧阳先生去老班章做的"小凤饼"，

深扎茶山，找到了自己的心仪定位

开新茶、选新壶，用赖政雄老茶人生日时赠送的"惜缘"壶。饮茶间，华其口实其腹之外，还有初识老班章的欣喜，有得遇茶知音的珍惜，有借茶思人的感喟，也有以茶为记忆的岁月知味。

想一想喝茶的日子，也有近20个年头了。我由懵懂喝茶，到跋山涉水，深扎茶山；从一片叶子，到制成"瓜"、制成"砖"、制成"饼"；从乱花渐欲迷人眼、茶"文章"满天飞的无法选择，到慢慢地找到了自己心仪的定位。

## 2019 年 7 月 5 日

朋友做的易武张家湾古茶，初试身手，入口柔滑，入体深沉。柔，柔情；滑，滑润；深，距离；沉，重量。连在一起，柔情滑润，有深度有重量。喜欢，一直瀹，一直喝。

入口柔滑，入体深沉

## 2019 年 8 月 13 日

雨天，躲在"茶窝窝"中，泡老茶，翻闲书，忆趣事。"癖在茶隐，得养心之境；癖在书章，得养身之香；癖在林泉，可得养性之趣；癖在清玩，得养志之道。有癖之人，最为可交。"

雨天，泡茶，翻书，忆趣事

## 2019年8月28日

总愿意在"茶窝窝"里安静地呆望着。经过我手的每一饼、每一块、每一坨、每一瓜、每一包乃至于每一根茶，布满"茶窝窝"的搁架上。这些茶成为我旅程记忆中的每一部分、每一条路、每一道转弯，以及遇到的每一个有趣的人。在茶中，我找到了与生俱来的欢乐、沉静、存在感。

经手的茶，都是我人生旅途的一部分

## 2019年9月1日

腿脚不利落，就在家瞎折腾。我在茶仓里翻出一件2013年做的一款野生古树茶"若仙幽兰"。打开一提中的一饼，山野气息依然浓郁地扑面而来。饼面黑润而油亮，野生茶树的花蕾若隐若现。我心急地备壶烧水。茶汤亮丽清透，其饱满甘甜的口感让我心存感恩。野生放养型的茶树颗枝较大，做出的茶好比放养的孩子不好驯服，一不小心就不知跑到哪里去了。今天这碗茶汤，告诉了我关于野生古树茶五年成长的秘密。

山野气息扑面而来，野生茶树的花蕾若隐若现

一种好茶诞生的环境，包括土壤、气候、温度、湿度、周边植被，以及好茶青、好时辰、好天气和好手艺。这诸多因素的合力，才决定了一碗茶的精致口感和未来的弹性。

## 2019年9月20日

每天喝来喝去，还是想我的"傻瓜"这一款茶。翻缸倒箱，找出2013

假以时日，"昔罕瓜"就是"金瓜"

年做的"昔罕瓜"，细心地一根一根撬下来，慢慢地等一壶水煮沸，温壶、放茶、倒水、出汤。一连串如行云流水般熟悉的动作后，氤氲的茶香从杯中拂面升腾。我心急手慢地啜一口。好茶不语，自己感觉。瞬间，它的产地、原料、制程、年份以及仓储转化在脑子里又有了新的记录。由自己的实际感受度而喜爱，由喜爱而让自己身心俱安——每年储存它是我明智的选择。

## 2019 年 10 月 29 日

晨读清代阮福《普洱茶》，兹择其一部分录于下，以飨读者。

《思茅志稿》云，其治革登山有茶王树，较众茶树高大，土人当采茶时，先具酒醴礼祭于此。又云茶产六山，气味随土性而异，生于赤土或土中杂石者最佳，消食散寒解毒。于二月间采蕊极细而白，谓之毛尖，以作贡，贡后方许民间贩卖。采而蒸之，揉为团饼。其叶之少放而犹散者，名芽茶；采于三、四月者，名小满茶；采于六、七月者，名谷花茶；大而团者，名紧团茶；小而圆者，名女儿茶。女儿茶为妇

茶王树较众树高大

女所采，于雨前得之，即四两重团茶也。其入商贩之手，而外细内粗者，名改造茶。将揉时，预择其内之劲黄而不卷者，名金玉天；其团结而不解者，名疙瘩茶。味极厚难得。种茶之家，芟锄备至，旁生草木，则味劣难售。或与他物同器，则染其气而不堪饮矣。

## 2019 年 11 月 4 日

晨读，继续分享清代阮福《普洱茶》。清人檀萃在《滇海虞衡志》中有载："普茶名重于天下，出普洱所属六茶山，一曰攸乐，二曰革登，三曰倚邦，四曰莽枝，五曰蛮砖，六曰曼撒，周八百里。"

这六座茶山，在普洱府属思茅厅界内。《思茅志稿》中提到，革登山有高大的茶树王，当地百姓在采茶之前都要先对茶树王进行祭拜。又有记载说，六大茶山所产的茶会因土性不同而品质各异。根据采茶的时间不同，将普洱茶定为不同的名称。如若普洱茶与其他草木混生，则茶味低劣而很难出售；如若茶叶与其他物品在一起放置和保存，则茶叶会沾染别的气味而无法饮用。

普洱茶名重天下，出自普洱所属六茶山

2019 年 12 月 19 日

有一位学者说："时间长了，它就会附着上文化甚至信仰，就会变成

做了七年"昔罕瓜"，它已经变成我的依赖了

一种依赖。这种依赖无论对身体还是精神都是极有好处的。"我做"昔罕瓜"已经连续七年了。它已经成熟了，丰硕了，附着上信仰了，变成我的依赖了。

似瓜非瓜，似砣非砣。因为喜欢，我一做就是七年，还给它起了一个温馨的名字"昔罕瓜"（昔罕，谐音"稀罕"，意思是认为稀奇而喜爱）。

日本茶道中常提一个字"侘"。我理解其为历经岁月才能表现出来的拙朴之美、残缺之美、不完善之美。我所守望的"昔罕瓜"，将来是否也会转化成这个样子？

曾经有一位艺术家评审作品的标准是：第一，人品；第二，学问；第三，才情；第四，思想。如此才能成为一流的匠人。品着自己的"昔罕瓜"，我又深刻地理解了这句话。

历经岁月才能表现出来的拙朴之美、残缺之美、不完善之美

**2020 年 1 月 22 日**

　　临近春节，酒的摄入量有些多。晚上找点平衡，弄一泡老茶。想起前几天看到一位茶友写的一段文字，一直念念不忘。兹录于此处，与大家分享。

人间有茶是清欢

　　找一个厚润的杯子喝老茶。夜半喝茶，简直是给枯竭的灵魂灌溉以爱意与怜悯的汁水，滴滴渗透，正应所需。

　　我摆弄着厚厚的汝窑杯盏，吻出一道道唇印，感受茶那有热度的肢体语言。老茶品来显然是与岁月和解了的调调，不紧不慢，姿态醇雅，不再用力去表达什么了。遇到人的敏感味蕾了也就以棱角磨平了的温厚报以友好，进入喉道时提起淡淡回韵的裙摆轻身经过，通过人的肠胃时则像是长者那般嘘寒问暖，一切出于本然。

　　当不矫情、服帖于岁月每一褶皱的老茶进入我们身体时，能否起到一种表率作用？茶可轻松优雅做到。人能否在岁月的变迁里不总是吊拉着一张脸、僵持与不自在？

　　夜已深，茶已浓郁到情怀。被关怀过、暗示过、滋润过了的夜甚是美好，我止于贪杯填虚的趋引。美好更是要知止，在茶上还能做出清明的判断。

　　不像食物偏于激发人的欲望，茶偏向清欲健体，与人做出断舍离时显得不那么胶黏。而我们的血肉之躯没有茶可以活得照样很好，但没有食物不行。

　　也因此我常喜欢与茶清欢。人过一种不只是必要与满足基本欲望的生活时，心有余地。因了这部分余地，内在浊的部分可以慢慢下沉，清的部分逐渐上升，人可开辟出属于自己的小小天地。内有天地，清明自在。外在的岁月会天荒地老，内在的空间不断扩充。

## 2020 年 1 月 31 日

　　每天早上醒来的时候就是活着的时刻。人们以各种方式宅在家中，想得最多的就是疫情结束后我立马要干什么。生命无常的时候，什么乱七八遭的事儿都不叫事儿。活着，多数时间需要平静、平衡的状态。越是欢娱的，就越是短暂的，越是要知止的。这么想着，闲待着也就顺理成章了。

喜好的就是"这一口"

　　闲与不闲，这个"老朋友"是最够义气的。无论你身在何处，心情怎样，它都会每天不离不弃地跟你弄上几个来回，黏在你的左右，只要你愿意它一定会奉陪到底。时间久了，要找到彼此之间的默契，才能轻松、优雅、知性地相处。这当口，经常会换把新壶，温柔地注水，谦卑的肢体语言一直融入它本性的绽放。

话说回来了，谁让你喜好的就是"这一口"呢。

泡茶，从来反对人为的做作，"宁拙勿巧，朴实自然"才是对茶的最佳态度。想起一位美女茶友，她把每天选择泡什么茶比喻成翻哪种茶的牌子。真是喝茶的老手，创意到了神妙的境地。再仔细想想，这也是一种有底气的表现。如果没有几十种藏茶，谁敢称"翻牌子"呢？这种称谓真是潇洒自如、天真烂漫，恰当到无言。

茶友寄来了两饼"及时雨"年份茶

我每天泡茶时，也会在选择上经常懵一下。有其他人在时，会征求大家的意见喜欢喝什么茶。而自己泡茶时，原则上选新茶和有年份的茶搭配着来泡。在小湾子家中封闭了近月余，每天泡茶的量和次数明显增多，挺费茶的。带来的有年份的茶已所剩无几，幸亏节前有茶友寄来两饼"及时雨"年份茶。一饼是 20 世纪 90 年代末紫大益，属于价格昂贵、口感平凡、有珍藏意义的那类茶，留作纪念了；另一饼是 2006 年压饼的"冰岛"茶，十几年的小仓陈化。早期冰岛老寨茶的特点依然存在，汤色已经不能用一种颜色来形容了。身体的耐受度是那种喝完了一泡下次还想翻它的牌子，是不是可以形容属于受宠的"贵妃"呢？更庆幸的是，它也能飞到寻常百姓家。达尔文《物种起源》说："自然选择每时每刻都在满世界地审视着，哪怕是最轻微的每一个变异，清除坏的，保存并积累好的，无时无刻，随时随地，改进每一种生物跟有机的与无机的生活条件之间的关系，并卓有成效。"这用于说藏茶，好像也不错。

## 2020 年 3 月 9 日

这几年，一听到老班章茶、冰岛茶这好听的名字，想到的不仅仅是它独特的魅力，更是它"掏人钱包"的速度。越是这样，越是珍惜前几年咬牙做的那点茶。当时认为这些茶已经很贵了。临近做春茶的季节了，心里有些淡定不下来。茶山上，普洱茶界无论做坝子茶还是做古树茶的，似乎都静静地冷淡，缺少了往年那种七嘴八舌、熙熙攘攘的热闹。是已经尘埃落定了吗？

每年来小湾子都要带上一冬天喝的几种"口粮茶"，也会裹上几饼可以"显摆"的"奢侈品"茶。今天泡茶，先小心翼翼地撬了几小片"冰岛"，感觉量有些不足，又加了一点点喝剩下的 2012 年做的"老班章"，"胡乱"地拼配还是第一回。如果考考哪个"大师"喝的是什么茶，一定会很好玩哦。然而，泡出的汤色让我诧异，并没有因为拼配两种茶而混浊，而是晶莹剔透、夺人眼球。我"猴急"地瀹上几泡，甭提什么班章王什么后的味道，古树茶内在的品质，经过十来年的积淀，纯厚的口感，包

做茶是一份情结，喝茶是一种情趣

容的个性，表现的不仅仅是颜色、香气、外形的变化，更有那种深邃的、高处不胜寒的淋漓尽致。

想想自己这些年跋山涉水、乐此不疲的追逐，喜欢做茶其实就是一份情结，喜欢喝茶就是一种情趣，久而久之就成了习惯。没有谁对茶的理解天生更深透。在茶山上跑久了，弯路走多了，嘴巴喝刁了，自然积累出"大师"了。

## 2020 年 6 月 23 日

老壶泡老茶。大口中薄纸七子饼茶，已经不用考证它的年龄了。真贵，不仅仅是因为稀少。老茶的经典气韵，借由时间的默默厮磨，借由微

用老壶泡七子饼茶

生物菌群的几十年调理，神奇地在体内合成一种冲击力，确实高妙得难以言表，沉淀之后的风华再现。每每喝罢，带着些许回忆，让我肃然起敬……

2020 年 7 月 4 日

今日无事，拿出前段时间一位执着的制茶人寄来的"作品"——2009年亲自操作的刮风寨、茶王树 200 克珍藏凤饼。轻轻松松地收藏了十年有

一位执着的制茶人寄来的刮风寨、茶王树珍藏凤饼

余，满满当当地把能量传递给与它有缘的人。此刻的我，品尝着茶汤，就是那个幸福的有缘人。茶基因里的强大，不止显露于表面，汤色、口感、茶气以及品茶时的心情，处处恰到好处。制茶人，能把复杂的制茶过程和漫长的仓储时间转化成一壶美丽的茶汤，只为让你简简单单地爱上它。

2020 年 7 月 7 日

2012 年制作的老班章凤饼，我留恋它那时的价格还很亲民，本色还很纯正。在小岛上存放了八九年，汤色变化不大，依然有老班章新茶的香气，只是口感被驯服了，茶气内敛了。一款有收藏价值的普洱茶，最走心地选原料、精制程，不是为了增其颜色，郁其芬芳，而是为了保留其本

等待茶丰富多彩的变化，才是有意思又快乐的事儿

真，透过其天然的味道和内涵，耐心等待日后丰富多彩的变化，这才是有意思又快乐的事儿。

## 2020 年 9 月 8 日

明万历年间，学者谢肇淛在《滇略》中提到普洱茶，"士庶所用，皆普茶也，蒸而成团。"几年前，我受其启迪而做成"昔罕瓜"。

"士庶所用，皆普茶也，蒸而成团"

## 2020 年 9 月 18 日

上午忙东忙西，回来后匆匆溜进"茶窝窝"，惦记着昨晚朋友来喝过的那泡 20 世纪 60 年代"蓝印铁饼"。叶底没舍得扔掉，相信在任何地方也已经是喝一泡少一泡了。渐次又冲淡了几回，茶汤依然浓酽和醇厚，因为它贮藏的是时间的分量。在经历了岁月的冲刷和命运的洗礼后，它已没有了挑战性，变得中庸、老成、持重。品饮它们，就像在品读尘封的历史

与遗失的往事，以及收藏它那个时候的记忆。

茶汤里贮藏着时间的分量

**2020 年 9 月 24 日**

　　偶尔会有些朋友来我的"茶窝窝"随意翻出几款茶来泡。也有些朋友会问起同一个问题：藏了这么多茶，怎么还一直在存？对于这个问题，我经常恍惚得答不上来。其实每天可以在这里"磨蹭"两三个小时，翻两三款茶牌子来泡泡，就是最好的答案了。无论是茶架上摆的，还是缸里封的，抑

在茶里安静地寻找些许的慰藉

或是罐里存的，都是让自己的心踏实下来抑或是构建自己小小的精神空间的一部分。这就足矣，不用多想了。茶经常会让两个没有交集的人为了它而产生体感和心灵上的互动，成为生活中美好的部分。有时还能让自己在现实中做不到的地方，在这里安静地找回些许的慰藉。想想新冠疫情期间被隔离在小湾子的家中，有一种无助和患得患失的感觉。而边泡茶边喝茶，确是实实在在的事儿，每天就发生在身边，是让自己不感觉孤单的最好佐证。

## 2020 年 10 月 5 日

春天去刮风寨，朋友送了一点儿刮风寨冷水河古茶，我已经很满足了；因为产量确实少得可怜。过节了，泡上几克香香嘴。好喝的茶有共性，但能独树一帜的山头茶必须具有硬道理。我喝过冷水河的茶，就永远不会忘记冷水河这个名字。水路细，致入微。

喜欢的茶即是好茶

清代《普洱府志》曾记载："茶味优劣别之以山……茶之嫩老则别之以时。"仔细琢磨，你喜欢那个山头的茶味，你喜欢那个时候做的茶，就是你心中的好茶。

## 2020 年 10 月 21 日

2006 年，在赖老那儿收回了一批"侯家庄"。一个资深老茶人，1999

"金风玉露一相逢，便胜却人间无数"

年以布朗山地区古茶林为原料，古法精制的普洱生茶，至今也不知道为什么起名"侯家庄"。起初刚拿回来的时候，口感又苦又涩又烈又甜又香，冲击力太强，霸气得不太友善。好吧，那就把它在"茶窝窝"里雪藏起来。时光匆匆，十几年后不经意地翻了它的牌子，再来慢慢品它，荣辱不惊地从霸气走向柔和。正如宋代秦观《鹊桥仙·纤云弄巧》词中所描绘的，"金风玉露一相逢，便胜却人间无数。"从容、平和地与你相遇相处，干梅香在口腔中绕来绕去，取悦着与它有缘的伙伴们。彻底接受了先前的不完美。再以今日为坐标，假以时日，它还能转化到什么程度，我期待着。"愿你走完半生，归来仍是少年。"

### 2020 年 11 月 19 日

每年的"昔罕瓜"即将"出炉"之前，我都要翻出前几年做的"过期瓜"香香嘴，也借此考核一下它们在"修炼"过程中的提升程度：汤色更深了吗？口感更醇厚了吗？甜度更重了吗？香气更醇了吗？体感更明显了吗？……每次得到的答案，都让我有信心坚持做下去，心中喜得屁颠屁颠地有底气。我没有孤芳自赏的意思。坚持做八年了，能不提提嘛。傻傻地，用白纱布一裹，在大缸里一藏。我的理解，就像一个饭馆，食客不是吃装修，而是吃味道；饭馆不是用来炫耀的，而是用来服务的。再简单点儿说，凡是喜欢的东西，用心去做了，就开开心心了。我更坚信，待到出缸之日，"瓜瓜"都是经得起考验的"战士"。

待到出缸日，"瓜瓜"都是经得起考验的"战士"

要想做一款有存放价值的茶，一定要在鲜叶采摘和初制上下功夫。工艺不能随潮流，传统永远不会过时。从老祖宗留下的古茶树采摘下来的鲜

传统工艺永远不会过时

叶，就要按古法去初制，借太阳能直晒出来的茶才是真正最牛的。

## 2021 年 6 月 21 日

昨晚的父亲节庆祝仪式又让我把持不住嘴了，以至于今天必须"坚壁清野"。我没纠结地翻了"侯家庄"的牌子。这款经过二十几年微生物菌群的转化、分泌后释放出来的陈韵已经很成熟稳重了。曾经原始森林中的

当你能感受到老茶美的时候，才算真正长大了

粗枝大叶，老箕旧篓里出来的东西，已经成为有骨有肉的涓涓细流。它释放出的力量和能源以及茶气疏通着人体的脉胳，直至身体微微发热，像运动过后的愉悦之感。正如一位老茶人所说："当你能感受到老茶美的时候，才算真正长大了……"

## 2021 年 7 月 7 日

偶然淘到一把撬茶利器，小试"牛刀"，翻出 2011 年和欧阳老先生去

有时失望和无常也是变化中的常态

老班章做的"小铁饼"。顺手,顺便也试试这款转化了十年的茶,能跑到哪里去了。奇怪,头三泡竟然有轻度的"烟熏"味道,是我极不喜欢的味道。还好,后几泡,强劲的力道平衡了整体的打分。茶的后期转化是很现实的,忽左忽右、忽上忽下,没必要在一个时间段追求它能"德艺双馨"。有时失望和无常也是变化中的常态,但是坚定你想要的样子,随着时间慢慢地它都会给你,不给它设门槛。不管咋样,每天不同的这泡茶能给我带来安逸、温暖和快乐,而且持续很久……

## 2021 年 9 月 28 日

天高气爽,心血来潮,翻缸倒腾出一坨2017年的"昔罕瓜",目的就是"藏而后用,用而后知",看看其内质转到哪里去了。它没让我失望,恰恰有惊喜。名门正山家族,不寻常的烟火,而后让其情藏而不露,乃至成今日气象。好茶,好茶!

藏而后用,用而后知

## 2021 年 12 月 2 日

有事儿没事儿去泡茶吧

这些天来，新冠疫情肆虐，影响着家乡父老的生活。只能待在家里。经历过这种日子的人都知道，时间过得慢，让人难受得很。在家做些好吃的吧，没活动没胃口。记得第一拨疫情袭来时，我被封在了亚龙湾的小区里。那时对这个"东西"不很了解，某城市感染病毒致死者较多，这让人心里恐慌、恐惧、胡思乱想。我每天做得最多的是慢慢烧水，慢慢泡茶，慢慢喝茶。渐渐地，发现喝茶也是使自己安静的一种办法。现在各种权威机构在喊，喝茶能预防或减少病菌侵蚀，有没有道理真的不知道；但是每天在家泡茶至少能消磨时间，让自己的心态平和下来，以正确的方式对待发生在自己身边的一些事情也是有益的。渴不渴，也去泡茶吧。烦不烦，也去泡茶吧。有事儿没事儿，也去泡茶吧。这时候让自己和家人安静下来最重要。

## 2022 年 2 月 21 日

稀稀拉拉地下了两天冬雨，晒不了太阳，不能在海中游泳，躲在家里泡茶吧。不纠结，泡壶有些年份的，只有"侯家庄"莫属了。2000 年左右，一个老制茶人用老班章抑或老曼峨做原料（记不太清楚了）。那时对

绝世有佳人，好茶在幽谷

普洱茶知之甚少，只勉强留了100饼。但至少知道是好东西，用心良苦地来呵护，不让它冻着、热着或渴着，更不能让它湿着，在家里的茶仓滋养着。大有"若能如是宴坐者，佛所印可"。每年都会忍不住撬开一饼感受它的成长。那种齿缝留香后润滑的坠感，以及饱满的内质，是它二十来年孤独后的"宣泄"，也是它独孤求败的霸道底气。

**2022 年 4 月 15 日**

云南不仅有世界上公认的最年长的茶树，而且几百年甚至上千年树龄的茶树也不罕见，至于范围很大的古茶园更是多区域、成片地存在。这里隐藏了一个未解的秘密，即云南乔木大叶种茶树"长寿"之谜。

我们知道，任何一个地区及其植物，不可能不受到自然灾害的侵袭。以病虫害为例，它时常会暴发，很多物种减少甚至灭绝都与它有关。但云南的乔木大叶种茶树，不管是野生的还是驯化的，却能存活上百年甚至上千年，经受住如此之多、如此之长的考验，至今仍显露出勃勃生机。这个客观现实告诉我们，这些古茶树起码具有一种或多种我们未知的抗病虫害

云南乔木大叶种茶树的"长寿"是个未解之谜

的"基因"。

我们迄今不知道这种基因是什么，更不知道它"长寿"的原因。

在云南景迈山万亩古茶园中，我们发现很多寄生在古乔木大叶种茶树上的野生兰花和螃蟹脚。虽然这种寄生现象在其他植物中也存在，但像景迈山这样大范围的寄生现象并不多见。这又给我们提出了一个问题：这种寄生现象，是单向的物质输送，还是双向的物质交流？

我们依据传统的经验知道这种茶树的叶子可做成饮品；也知道用它加工的普洱茶可长期存放，并且越陈越香。但这只是一方面，是传统经验的积累。更深层次的化学组合与化学反应是我们不了解的。我们至今仍不知道它内含物质到底有多少，绝大部分物质还没有被我们发现。我们沿用常规的检验方法发现了一些物质，也清楚地知道它的功能。但是，我们仍存在一个问题：我们只知道它"是什么"，却不知道"为什么"。其中，它最核心的生命基石——染色体、基因、脱氧核糖核酸（DNA）等，都存在很多未解之迷。

## 2022 年 6 月 2 日

今天不知触碰到了哪根神经，去茶仓的缸里拿出一砣 2015 年的昔归

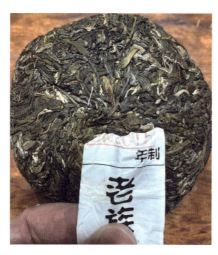

醇厚温润，回味无穷

瓜。仔细地撬瓜，忐忑地泡茶，真的心里没底，不知道它会转化成什么样子，偷偷溜达到哪里去了。因为普洱茶的后发酵不受人为技术干预，而是根据不同的储藏环境自然陈化，其变化具有不确定性和无法人为掌控的特殊性。但是，品饮后它真的没让我失望。醇厚、温润的茶汤由口腔进入喉咙，经由经络进入身体，令我身心愉悦、回味无穷。感恩忙麓山上那些历尽沧桑的古茶树，感恩制茶匠人的良苦用心，感恩时光的善待让其品质越来越好，越陈越有味道……

## 2022 年 7 月 25 日

每天只要在家，我就会至少一两次走进"茶窝窝"，而且待在这里不爱"动弹"。这里不仅有各种年份的普洱茶释放出的不同香味，还有几十

在"茶窝窝"的日子舒心而幸福

年间国内国外、走南闯北淘来的"宝贝"。更可贵的是，这里陈列着很多年来许多朋友赠送的有情有义的礼物。每次看到它们，都重温了可贵的友情，增加了生活中美好的幸福感，还能回忆起那些光阴里的故事。每天有

"茶窝窝"的照耀，有这些"宝贝儿"陪伴，我的小日子过得一点儿都不寂寞。

## 2022 年 8 月 27 日

每次喝着贺老师制作、本人收藏的"昔罕瓜"，都有一种敬畏之心。因为一款值得珍藏的茶的诞生需要诸多因素。茶树生长的环境，它的树龄，它的土壤、气候、温度、湿度，周边植被，采茶与制茶人，都带着

"昔罕瓜"被有缘人接受

突出的风土特征。这些因素的合力，才决定一款茶是否具备收藏的核心价值。再加上收藏人的耐心陪伴、精致呵护，才能让它在不同时期产生不同能量，为有缘人所接受。

## 2022 年 9 月 1 日

醒茶缸里有一小块前几年做的冰岛茶，掰开后放到壶里，感觉量不足，又随手撬了一小块基本同年的老班章茶，来了一个"王后配"。嗯，口感还是蛮契合的。前些年，云南有"班章为王，冰岛为后"之说。正是因为茶界这样哄哄好多年，把"班冰"的茶价炒上了天花板，让俺这身板

班章为王，冰岛为后

儿的人这几年都绕着走。还好，算自己有点儿眼界，前几年还做了一些。虽然不能当"口粮茶"，但想喝就能来一泡，撒撒水了，过过"茶本主义"的日常。

2022 年 9 月 21 日

在"茶窝窝"里磨磨蹭蹭，看到了欧阳老先生丁亥年做的老班章 50

所谓真善美，先有真才能谈"善美"两字

克小砖。我又回忆起从前。欧阳老先生是我刚接触山头茶时认识的前辈制茶人，给我们留下的不仅有他亲自制作的古树茶，还有作为一个制茶人的严谨和执着作风。我一边慢慢地瀹着小砖，一边细细地呷着……异样的感觉让我的神思回到了眼前。老班章茶香甜中夹杂着一丝丝淡淡的"烟火"味道，如远方的缕缕炊烟，让人留恋不忍离去。我一直不赞同为了经济利益而刻意做出所谓"烟香"，但早期茶山上简单的制茶设备和工艺，或许在若干年后表现出不同的能量和口感，实属茶的本味所致。明代罗廪在《茶解》中记载："而碾造愈工，茶性愈失，矧（shěn）杂以香物乎？曾不若今人止精于炒焙，不损本真。"所谓"真善美"，先有真才能谈"善美"两字。真实的制茶人，真实的原料，真实的工艺，才能诞生一款值得推敲、琢磨的"人在草木中"。

2022 年 10 月 5 日

在"茶窝窝"里转悠，"鬼使神差"地打开一小饼早期的"冰岛"甜甜嘴。甭管别人把普洱茶做成什么"奶奶"味，做成什么"奶奶"样，咱

本味茶，本体香

也不操那份心。一心一意喝我们自己的茶就好，本味茶，本体香。普洱茶之所以"耐人寻味"，是因为不同山场的不同特性、不同丰采。如果有一天用工艺把普洱茶都做成了一个味道，那还有什么玩头了?! 好在"地主家"的"余粮"还多着呢。……

　　路要走下去，茶要喝下去，一年一度的"昔罕瓜"制作又鸣金收工了。熟悉的憨样，蛮喜人的，看着它甫提多开心了。在我看来，这圆圆的家伙里面，不仅仅有闲情、有哲思，甚至有爱意，它已经成为我生命中

跟这山、这树、这"瓜"的缘分是天赐的福气

有滋有味、不可或缺的东西了。一边想着闲事，一边把玩着这个"昔罕瓜"，一边品着瀹出来的茶汤。喝到嘴里有旧地重游和与老友再聚的感觉，还有那么一丝丝焕然一新。这就是忙麓山茶特有的变化之美的魅力，追求它的是未来呈现，每次都让你欲罢不能。不管你是否有一搭没一搭的，一年就这么一回，美得跟牛郎织女似的，"别有一番滋味在心头"。其实，就是那座山，山里有那么多奇异的藤条古茶树，也考究不出为什么长成这样子，它的树龄究竟有几百年。你说奇怪不奇怪，跟这山、这树、这"瓜"

的缘分是天赐的福气。

## 2023年5月29日

昨日下午，在朋友的庭院里聚会。我若无其事地用盖碗泡"自以为是"的一款茶——2023年昔归忙麓山头春古树散茶。众口难调，有人问道："这茶入口怎么是苦的？"我没有回答，一贯的风格，泡茶时很少讲茶。这个问题早在唐代陆羽的《茶经》中有过定义："啜苦咽甘，茶也。"区区六字，精准概括，前无古人、后无来者。

"啜苦咽甘，茶也"

## 2023年6月19日

昨天是父亲节。我自诩是一个合格的父亲，那就犒劳一下自己吧。从茶库里找出2014年去冰岛做的200克小饼冰岛茶。我怀着些许敬畏，小心翼翼地打开。这并非因为其价格是现在普洱茶中的"天花板"，而是存量实在有

父亲节之际，敬我们的父亲和现在的我们

限。相伴十个年头了，包装纸上已经浸入亮晶晶、点点滴滴的茶油。先找出温欧永的120毫升"福禄"小壶，又拿出春风的"冰凌花"杯与之匹配。十几年来一次次做茶的艰辛过程，正是因为有如此漫长的艰难积累，才有今日不是用价钱能衡量的收获，也包含着曾经美好的时光和美好的回忆。值此父亲节之际，就用云南大山深处天地树上叶子做的茶，敬我们的父亲和现在的我们。

## 2023 年 7 月 8 日

　　2014 年，贺老师手制冰岛古树红茶。那时的价格亦非寻常，但我还是咬牙收藏了一些。缸藏十年，今天开缸薪火试老茶。简直就是拍案三惊：开缸一惊，出汤二惊，入口三惊。用"光芒四射"形容不过分，"不思量，自难忘"。

开缸薪火试冰岛古树红茶

2023 年 7 月 19 日

　　三伏天，怎一个"热"字了得。那也不能停止每天泡杯热茶。取"春风祥玉"的"过墙花"杯组与"昔罕瓜"搭配。感觉一下有无如沐春风般的心情，可否涤尽燥气。其实，喝茶的过程就是静心、清心的过程。有句俗话说得好，"心静自然凉"。

心静自然凉

　　且听古人告诫："片时清畅，即享片时；半景幽雅，即娱半景；不必更起姑待之心。"

# 第四章　茶器岂是无情物

泡茶器皿重要，水更重要

泡茶器皿很重要，但我个人认为，泡茶选用的水更重要。陆羽在其著作《茶经》中就指出"山水上，河水中，井水下"，认为用来泡茶的水，以从山中流出的山泉水最佳。但在环境状况依然不乐观的今天，那只能是一种奢望和想象了，如能用上真的瓶装水已经是奢侈了。

不知有多少年了，饮普洱茶已成为我生活中的一部分了。我喜欢用紫

可品美味茶汤，亦可养壶怡情

砂壶泡茶，因为除了能喝到特别好的茶汤外，还可以养壶怡情。尤其是泡茶过程中的那种乐趣，只可意会。一人独品怡然自得，与朋友共饮更是乐在其中。在浮躁的社会、烦躁的生活中，普洱茶是能让我静心、宁神的好伴侣。但愿能与普洱茶长相伴。

**2014 年 2 月 3 日**

这两把原矿老泥的壶让我养得温润如玉，好喜欢。养壶的过程就是在养心。每天都要沏上两泡茶，或独饮，或与老伴儿同饮，或与朋友共饮。所以，"不可一日无此君"——紫砂壶。

养壶的过程就是在养心

**2014 年 3 月 14 日**

【不知从何时起，老伴儿成了我的茶伴侣】以前家里生活不宽裕，每次快递员送茶时，老伴儿都露出不快的情绪。我也不做解释，为什么花那么多精力、那么多时间、那么多金钱去淘一份好茶、一件好器皿。每次泡茶时都献殷勤地邀人品尝。一年过去，两年过去，三年过去……现在我每次泡茶时，老伴儿都有一搭没一搭地凑过来整两口，偶尔还品评两句口感如何如何。每次倒茶时都啰唆地问这问那，一脸的欣喜。她还经常主动打

老伴儿成了我的茶伴侣

扫一下茶室的卫生，买几箱好水什么的。这就是普洱茶的魅力。嘿，身边又多了一个"蹭茶"的。

2014 年 8 月 4 日

无意中得到清虞阁浅绛彩手绘寒雀对杯。杯中一对寒雀，出神入化、栩栩如生，看在眼里，投入其中。敬佩创作者能把国画和国瓷艺术融合得如此美妙。

杯中一对寒雀，出神入化、栩栩如生

2015 年 1 月 24 日

　　茶、壶、盏，构建了茶的世界。无意中喜得孙建兴大师根据吉州窑烧制的柿红木叶盏。柿红的釉色给人以祥瑞的感觉，冲入茶汤后反射出妖娆的、不同颜色的光，可谓千江有水千江月，不同茶汤不同色。执"盏"之手、与"茶"偕老的日子，就是我追寻的美妙日子。

执"盏"之手，与"茶"偕老

2015 年 4 月 30 日

　　因为喜欢茶，渐渐地愿意到各处淘一些装茶的器皿。前些日子又淘到

陶罐藏茶，可使茶汤更为滑溜顺口

三只罐子。仔细看，用心品，不同材质表现出来的滋味大不同：手绘青花瓷罐，仪态万千，与茶有着偶然邂逅的巧合；陶罐藏茶，由于陶土的孔隙可与空气和水分交流，产生对茶的柔化作用，可使茶汤更滑溜顺口，已有几百年的历史。茶罐、茶罐——因茶而生的罐子，当家里又多了几件盛茶的罐罐时，藏茶、喝茶似乎有了温柔、实在的回报。

**2015 年 7 月 20 日**

又让自己偷偷地开心了。无意中淘到一套喜欢的杯子——日本大正年间（相当于中国清末民初）三浦竹泉家族的"金玉满堂"组杯。日本是一个现代化程度很高的国家，但其手工制作者仍保持着一代代传承的传统，是受人尊重的职业。瓷器起源于中国，受到世界的喜爱，这是我们值得骄傲的一面。然而，能否像日本手工业者那样一代传给一代，使之不断延续、发扬光大，值得我们深思。

日本大正年间三浦竹泉家族的"金玉满堂"组杯

**2016 年 2 月 11 日**

【一把紫砂壶】把川哥一家送到机场后回到湾子家里，独自泡一壶老

茶案有一壶，友人千里之思乎

普洱慢慢呷着。此时没有了昔日品老茶的感觉，似乎心里空落落的。川哥是我一位多年的老朋友，这次利用春节假期来这里看朋友、享自然，慢慢来、匆匆走，把分寸拿捏得让我意犹未尽。他了解我是个喜欢喝茶的主儿，千里迢迢为我背来一把紫砂壶。我一边泡茶，一边手捧这把壶仔细端详：凸凹有致的线条，或清秀，或古雅；或雄浑，或平实；或坚毅，或高洁。不去探寻它的价格，不问出自哪个高级工艺美术师之手，就像美好的生活不是非要用高价格衡量一样。它是美好的回忆，一个故事、一份情谊，亦是人生快事。此一时、彼一时，目之所及，茶案有一壶，友人千里之思乎。

## 2016 年 5 月 17 日

【柴烧龙窑建盏】上午，新开一饼 20 世纪 80 年代末的大叶种青饼，选民国大口老壶，烧水瀹茶，为新得的一龙窑建盏开杯。

昨天，收到厦门一位朋友赠送一盏——柴烧龙窑建盏。它出自建阳水吉镇，由祖辈数代陶作世家、非物质文化遗产传承人熊忠贵亲手制作。惊中有喜，遂开老茶，温老壶，开新杯。

　　此盏，口大内凹，足小敦厚，边薄底厚，内壁显毫。朴实胎泥的外表与老普洱茶颇有相通之处。好杯配老茶，相得而益彰。慢慢注入老茶汤，兔毫在窗户泻进的阳光中若隐若现，随着阳光入射角度的变化而泛出各色光晕，把老茶汤的氤氲更清透地展现出来。曾听懂盏的朋友说过，盏能改变茶的口感，让老茶更厚、更韵、更沧。初试还没有很深的体验，待以后慢慢地去感知它的美妙之处。

观建盏吃老普，宋风、滇韵两相宜

　　龙窑建盏，源于宋代。文载，宋徽宗曾说过："盏以青绿为贵，兔毫为上。"

　　观建盏吃老普，宋风、滇韵两相宜。就这样，不知不觉间又腻在茶室里一个上午。

　　夜深人静时，独自泡一壶昔归茶，欣赏着"双 11"时给自己买的礼物——景德镇艺林堂粉彩小壶承，还有个喜人的雅名"梦蝶"。

　　每每喝到一款喜欢的茶，看见一件喜爱的茶具，都会"小确幸"一段时间。在小湾子里，虽为无事之人，但不能怀无趣之心。有人问我，这种

喝到喜欢的茶，看见喜欢的茶具，都会"小确幸"一段时间

简单、重复的日子不孤寂吗？怎么可能呢！每天有这么多佳丽的名字在我眼前晃来晃去，景迈、昔归、小红，有它们的陪伴，怡然自乐的同时也给平实的日子添满果实。突然想起清代张潮《幽梦影》中的一句话："富贵而劳悴，不若安闲之贫贱"。

## 2017 年 2 月 11 日

恋上了普洱茶，无论走到哪里，都随身携带着跟泡茶有关的器物。久而久之，就跟泡茶需要的七七八八的物件也有了专情，有了一些小挑剔。

茶具不仅装载着美妙的茶汤，更承载着一桩桩记忆

它们不一定出自名家，不一定昂贵，但要自己喜欢、适合自己。偶尔遇到意外的惊喜小物件，于是像个孩子似的高兴一阵子。

每次泡茶时，简单摆放茶具，都要和它们对视对话，让它们在我手上有趣而灵动。景德镇艺林堂限量版粉彩蝶舞小壶承，正好配上赖老师定制的76岁生日礼物——朱泥葵花紫砂壶。那柿红柴烧建盏，出自福建山灵水秀的建阳水吉镇非物质文化遗产传承人熊忠贵大师之巧手。这一件件不是刻意而是用心的巧遇。它们不仅每天装载着美妙的茶汤，更承载着一桩桩记忆，久而久之印在我心里，成为不可取代的老朋友。

写小字而发感慨的缘由，来自昨天晚饭朋友赠送的礼物，无心而用心。一把茶刀，拿回家后仔细琢磨，简约而不简单：东非黑黄檀手柄，钛合金刀身，考究的手工，配得上我的"昔罕瓜"。我喜欢。

让它在我手上永远是美好的一百分。

## 2017年9月9日

有意无意间又收纳一套茶器——珏窑"耄耋"壶、承、杯，珏窑签约画师李小贵的《猫趣图》组合。瓷器上的猫，神态憨厚可爱、惟妙惟肖。猫的毛发都是手工用笔一根根慢慢勾染而成的。一只猫的创作需要花费一周时间才能完成，真正体现了国之匠人对祖先艺术的传承。我把玩在手里，喜欢得不得了。

用珏窑《猫趣图》组合试老班章

给美器配个好"对象"。我在"茶窝窝"踱来踱去，看到了 2011 年收昆明一位老茶人做的老班章，量少久未舍得喝。也不知它在"茶窝窝"里日子过得是否舒坦，有无成长。开壶试茶，就选你了。

**2019 年 4 月 24 日**

老铁壶放在每天泡茶离我最近的地方，为每天饮茶增添了十分韵致。日本大国寿郎的作品，距今已有 100 多年历史。旧时的匠人之作，今日的

旧时的匠人之作，今日的心爱之物

心爱之物。日常看着这把老铁壶，总想着不知有多少故事承载在这把老铁壶里面。不时捧在手心里，有一种重重的感觉。其实更重的是内心深处酽酽的深情。"尽物之性，去己之情。"

**2019 年 6 月 15 日**

琅彩珏窑签约画师李小贵手绘《犬守太平》狗年生肖纪念款壶杯组

合，终于让我"配齐"了。壶杯上的守门犬，神态憨厚可爱、惟妙惟肖。犬的一根根毛发，系用笔线慢慢勾染而成。一只犬的创作需要花费一周时间才能完成。这是景德镇现代陶瓷工匠的典范。

守门犬神态憨厚可爱，惟妙惟肖

霄儿生肖是狗。这组《犬守太平》送给霄儿作为生日礼物。他家里还有一个"大F"和一个"宾狗"。配齐这三只带回加拿大，他家可以称"狗群"了。

## 2019 年 7 月 6 日

没事喝茶瞎折腾，把前几年去卢森堡时淘来的一套水晶组合用做喝茶

水晶组合泡茶，可谓悦目悦人

的器具了，西为中用。别说，还挺顺手，视觉上也养眼，晶莹剔透的。就是感觉有些轻飘，挺好玩。正所谓："一室之间，可以悦己；一室之器，可以悦目；一室之茶，可以悦人。"

## 2019 年 9 月 29 日

【且将新壶试新茶】昨天老朋友聚会，意外惊喜地收到了喜欢的礼物。好哥们儿为我定制了一把顾丽萍的"仿古壶"。今天上午正想好好"稀罕稀罕"，巧的是开心的事儿不止这一件。我又收到了贺老师用顺丰快递寄来的刚刚晒出来的忙麓山藤条毛茶试样。黄片还没来得及捡，蛮有大山深处阳光的味道。还有等的理由吗？整呗！阳光正好，心情正佳，开新壶，试新茶。自由生长在大山里的茶是有脾气的，需要好器好水的配合，更需要泡茶人的心情不能充满浮躁和焦虑。以自由平静之心去泡自由生长之茶，才能与茶"共振"在一个频率上，才能品饮出你所要的味道中的味道。这有点"同声相应，同气相求"的意味吧。

开新壶，试新茶

试茶的习惯是，每一泡只喝一杯，剩下的倒入保温瓶里。待到第九杯时，肚子和保温瓶里已经满满的了。再看干枝的毛茶，吸足了水分又涅槃重生地充满了弹性、光泽、质感和生命。我的心情也随着叶片叶脉的舒展，一同契合地更滋润了。

喝着贺老师专注做的茶，最大的体会是，茶在不同时期品饮，有不同时期的口感和不同时期的能量。这样的茶才拥有养育的价值。

## 2019 年 12 月 3 日

　　朋友知我喜欢茶，不远万里，从加拿大用双肩背包背回来一把茶壶送我。一把产自日本的手工"九金窑绘急须"。紫砂壶本发明于中国，但艺术源流于世界。日本匠人能将一把器皿演绎出如此巧玲珑、妙旋转之美，实在令人敬佩。之后，用它来泡一壶集天地能量的普洱茶汤，整个人就这样被情谊、匠心、美味照亮了。

产自日本的手工"九金窑绘急须"

## 2019 年 12 月 6 日

　　这两天总有"小确幸"，又收到云南的贺老师为我私人定制的手工纯银公道茶器。手工打造的银器，在工艺上属于金工范畴。一把手工银器的珍贵，不仅体现在材质本身，更是匠人坚韧、细节、耐心的凝聚。一块纯银，经过几万次敲打，耗费几百小时之功，器身、器嘴、器把连成美的一

一把手工银器是匠人坚韧、细节、耐心的凝聚

体，无丝毫对接之处。银器整体保持着敲打的痕迹，内外壁纯银本色，更显干净。细看器嘴，点睛之地方，出水流畅，断水果断，决无"前列腺炎"之感。如果把它置于空谷幽兰间，足能让飞禽走兽回眸，让白云停驻。

一把从使用到收藏功能兼具的茶器。感谢贺老师的厚爱，我会一直珍惜它。

## 2020 年 5 月 16 日

总想写点儿关于这对日本老铁壶和日本老铜火炉的故事，但囿于自己对其了解得不够深刻，难以起笔。近几天无理由地每天揣摩，炉中火，壶中水，水火阴阳，中和好韵，皆为泡出好茶汤。

然而，老铜火炉、老铁壶散发出的光彩，不仅仅是怀旧的思念，它要的是古器的鲜活再现，要的是今人再度认识古茶器的厚重，以及古时人们对茶的用情和执着。

日本人喝茶，是中国茶文化的延续。他们做的铜炉铁壶，细细品读，可见肌理做得特别朴实，有山林之气，有走进大自然的感觉；纹路有"松涛声"，有"古石气"。当历史上的金戈铁马之声成为过眼烟云，它所承载的历史故事，亦如壶中泡出的茶汤，浓郁过后终将归于平淡清透。

铁为之，铜铸之。彼一时，此一时。不负光阴，其中意无限。

古器承载的历史故事，浓郁过后归于平淡

## 2020 年 6 月 1 日

　　昨天在朋友那里偶得一紫砂重器——孙东的大品紫砂壶"矮升方"。今天就迫不及待地上手开壶。是利剑赠给壮士，是瑶琴付于知音，新开

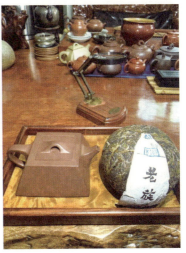

开 2016 年"昔归瓜"与紫砂壶"矮升方"相配

2016年"昔归瓜"与其匹配。仔细端详，此壶沉稳夯实，有棱有角、有平有直、有崇有卑，方而不板、挺而不僵，朴实中掩藏不住奢华。这符合古人"天圆地方"的感悟自然之法，更符合老子讲道中的"大方无隅"之说。

《庄子》有云，"上法圆天以顺三光，下法方地以顺四时"。今天应个景，"圆瓜配升方"。

## 2020 年 8 月 15 日

淅淅沥沥下着小雨，这样的天气最适合在家里泡茶赏壶。手里把玩的是昨天朋友送我的丁益民制"印包壶"。这把壶我印象深刻，是 2019 年在澳门参加"中濠典藏 2019 春季艺术品拍卖会"时代朋友拍下的。此壶造型古朴：壶底四方，稳重踏实，似青铜玉印；壶身为包袱状；壶钮为包袱结；壶把方中有圆，手握着感觉妙趣横生；壶嘴为龙抬头状，活龙活现，生动具真，别树一帜。

活龙活现，生动具真

这把壶昭示的不仅是一份心情，还是一份记忆，更是一份酽酽的深情。如是说，物质之丰厚可以满足人间烟火，精神之宽宏才能享受人间仙境。

## 2020 年 9 月 30 日

　　日本纯铜茶叶罐，1935 年制。那形体的工艺，婀娜的姿态，宛如一座平波微动的城堡，静寂中等待着孕育醇香的生命。藏而后用，用而后知，开一饼 2017 年冰岛古茶，请进罐中，感受着现在，期盼着未来。

　　历史造物，敬伟赠之。俯身怀抱，倍感珍惜。

将 2017 年冰岛古茶请进罐中

## 2020 年 10 月 4 日

　　自然而然地又溜达进来，拿出"耄耋"盘壶杯组合，取出从来不结冰的那个岛上的"小红"与之匹配。气定、神闲、茶香伴，小中见大，有限而无限。

"耄耋"盘壶杯组合

　　好久没写茶事了，但没有一天落下喝茶。无论何时何地、何因何缘，

茶是我最简单而直接的温暖和慰藉

茶都是我最简单而直接的温暖和慰藉，而不仅仅是惯性和身体的某种需求。茶烟之外，还有关乎茶器皿的欣赏。一只壶、一只杯、一个局构成了手的对应、眼的对应、口的对应，直到心满意足的对应。然后，该干啥就干啥去了。

**2022 年 8 月 22 日**

拿出日本早期的"白乐天"小三件，开一饼早期的"小冰岛"。瓷器源于中国，但东瀛学习和传承得有思想。瓷本尘泥，能制造成这么雅致的器皿，可见当年匠人的精工制作。只可惜都是小器，无大气。泡茶的东西，喜欢和顺手就好，想那么多干吗？

"白乐天"小三件

**2022 年 10 月 30 日**

叶子都熟透了，"鸟儿"怎么还没有南飞？不过，猫在家里也有"小确幸"，收到了远方友人赠送的杯子——20 世纪 90 年代"晓芳"窑烧制的手绘青瓷。我喜欢得不得了。"杯子",寓意着一辈子的友情。我郑重其事地为它选一饼早期的"曼松御贡"相匹配,边品茶边欣赏。有它们的陪伴,无论何时都不会"茕茕孑立,形影相吊"。

20 世纪 90 年代"晓芳"窑烧制的手绘青瓷

# 从过警经过商的爱茶人

## （代跋）

2024年8月的一天，接到好友刘玉强的电话，说他已将20年来茶生活的零散日记和照片整理成《人在草木间随笔》准备出版，让我为他写个跋文。理由是：我与他是40年前的警察同行，共同经历过公安演讲团巡回演讲；了解一些他参与中俄贸易的故事；而且，我也喜欢喝茶，常跟他聊茶。

应承下来后我开始浏览他的书稿，从优美的文字和珍贵的图片中深度了解他的爱茶历程，为他20年爱茶经历特别是"人茶一体"的深层感悟所感染，被他敬自然、爱茶山、助茶农的举动感动。随着双手在键盘上敲打，从过警经过商的爱茶人刘玉强的往事浮现在眼前。

1986年，刘玉强从警察学校毕业后，回到家乡内蒙古呼伦贝尔满洲里市公安局工作，成为道北派出所一名户籍民警。彼时我已在呼伦贝尔盟（今已撤盟设市）公安处政治部工作两年，我们有了警察生涯中的工作交集：共同参加了呼伦贝尔公安系统"人民警察为人民"演讲团巡回演讲，留下难忘的回忆。我和刘玉强从各自单位的演讲比赛中脱颖而出，又经层层选拔后成为演讲团10名成员之一。

这些成员都是在各自工作中的佼佼者。那年冬天，我们在26万多平方公里的呼伦贝尔雪原上一路风尘，风雪兼程。21天里，我们冒着最低气温零下40多度的严寒，在颠簸的自然路上行程3000多公里，搭乘过俗称"212"的吉普车、拉货的大卡车和林区的小火车，跨牧区、穿林区、入农区、到边城、进市区，走遍呼伦贝尔下辖的13个县级旗、市公安局，为3000余名政法民警巡回演讲15场。这次首开先河的巡回演讲活动，受到了热烈欢迎，演讲现场效果超燃，教育鼓舞了听者，也锻炼提高了讲者。我们磨炼了意志，锤炼了作风，完善了口才，增进了友谊，收获了成长。这次经历成为我们一生的宝贵财富。那一年，高大有毅力、自信有魄力、直率有诗意的刘玉强是演讲团里的活跃分子，他的演讲题目是《平凡的爱》。他渴望人间大爱并身体力行付出爱，憧憬着追求成功、释放青春、实现理想的人生未来。我想，演讲团的经历为他后来出彩的斜杠人生一定带来了积极影响。

当警察的时候，无论在派出所还是刑警队，刘玉强始终服从安排、尽责敬业，立过功，受过奖。他为管片800多户居民热情服务，组织建立强有力的治保队伍，提升了辖区居民的安全感。在一次中秋节的夜晚，他在参与执行爆破警卫任务过程中，与同志们不惧危险与寒冷，忍受飞来的石块砸在身上的疼痛，坚持连夜清除路障。他就这样为维护万家平安夜坚定地守护、无私地奉献着，无愧于他头顶的警徽和那身心爱的警服，无愧于他肩上的责任和心中平凡的爱。

20世纪90年代，改革的洪流激荡着中俄边境城市满洲里。苏联解体后的中俄边境贸易更是如火如荼，吸引着全国各地商人蜂拥而至。当时的政策支持经商办企业，刘玉强就是在这样的背景下进入商海，成为"弄潮儿"。此后，他又转战秦皇岛，在海滨城市跨地区跨领域施展才华和抱负。这一时期，他完成了一定的物质积累，并迎娶贤妻生育贵子。然而，多年来，他心底的警察情结，拳拳赤诚的家国情怀，时常在我们的通话中流露出来。他仍感恩、珍惜自己的从警经历及其带给他的磨砺，初心不改，爱心未移。

20多年来，刘玉强的生活触角延伸到茶，他与茶结下了深厚的缘分。茶改变了他的生活方式，成为他生活的重要部分，并提升了他的精神境界。他饱含激情、充满期待，每年走出自己的"茶窝窝"，南下云南西双版纳，登上忙麓山、布朗山，以及2023年入选世界"非遗"的景迈山探访嘉木。他敬茶山、拜茶树、赏茶叶，制成健康干净的普洱茶。他从简单的喝茶到寻茶、采茶、制茶、藏茶、品茶，逐步深入、逐渐跨越，品尝着茶在身体里的细微冲撞和微妙变化，体会着唐人刘贞亮《饮茶十德》中"以茶散郁气，以茶驱睡气，以茶养生气，以茶除病气，以茶利礼仁，以茶表敬意。以茶尝滋味，以茶养身体，以茶可行道，以茶可雅志"的境界，体验着人在草木间心灵与大自然的融合。他爱茶山更爱茶农，持续十几年对茶农进行帮扶和资助，与茶农拥有亲人般的情和义，每年在茶山相聚就像同家人一起过年。他和带去的朋友们与茶农兄弟在大山里喝酒，再吃茶醒酒。他们唱心中的歌，说心里的话。他们心无芥蒂地交流采茶要领、制茶工艺、存茶环境……就这样，他

让越来越多的茶农笑起来、富起来。

在我看来，刘玉强能够敏锐地捕捉到茶汤入喉后与身心交融的美妙瞬间，同时能够精准地描述"人茶一体"的曼妙过程。他执着地表达对大自然的捍卫敬畏、对茶农的体恤关怀、对健康"干净茶"文化的坚守呵护。而今，他将自己关于茶的感悟《人在草木间随笔》与众茶友分享。这一切，对于爱茶人来说，已经是难得之处；对于我而言，更是难以企及的段位，必须敬佩和学习。他的旷达和蔼然也许来自草原的宽广辽阔，也许来自警察的职业素养，也许来自自身与自然的观照，也许来自茶文化的传承担当，也许来自对帮助过他的所有人的感恩。

刘玉强的下一个愿望，是将自己对大山大地大海大草原的热爱之情再度出书分享。让我们期待那一天吧。

姜博

2024 年 8 月 5 日于北京